Cooking Club of boys' school
男子校 包丁部

放課後の厨房《チューボー》男子

まかない飯篇

秋川滝美

幻冬舎

Cooking Club of boys' school
男子校 包丁部

放課後の厨房《チューボー》男子

まかない飯篇

放課後の厨房男子《チューボー》 まかない飯篇

contents

第一話

つやつや苺のショートケーキ

二月のとある木曜日、天気予報によると窓の外には曇天が広がっているらしい。

『らしい』というのは、目下、県立末那《まな》高校三年勝山大地《かつやまだいち》は、天気を窺《うかが》う余裕などまったくないままにパソコンの前で固まっているからだ。

時計は、午後二時三分を表示している。右手をマウスにのせて、人差し指でワンクリック。たったそれだけの動作ができないままに、かれこれ三分十五秒が過ぎていた。

階下からは、母親が忙《せわ》しなく歩き回る足音が聞こえてくる。おそらく、落ち着かない気持ちは大地以上だろう。昼食にうどんを作ってくれたけれど、どうやら気もそぞろだったらしく、いつもならきちんと大地好みの半熟に仕上げてくれる卵が思いっきり煮上がって『とろり』とはほど遠い食感だった。もっと言えば、大地自身、中程まで食べて初めてうどんがいつもの醤油《しょうゆ》仕立てではなく、味噌《みそ》煮込みであることに気付く体たらくで、母親のことをいえた義理ではない。

結局、親子して『てんぱってる』もいいところ、ご近所さんからお土産《みやげ》にいただいた有名店の味噌煮込みうどんの味わいに言及することはなかった。

とはいえ、高校男子と親なんて、そんなに活発に言葉を交わすものではない。特に勝山家の場合、両親が微妙に不協和音を奏でているせいで、うかつな発言は夫婦《ふうふ》喧嘩《げんか》を誘発しかねない。それを自覚しているからこそ、大地はたとえどちらかの親しかいないときであっても、不要不急の発言は控える癖がついていた。

ひたすら無言で味噌煮込みうどんをすすり込み、昼食が終了したのが、午後一時ちょうど。直後に部屋に戻り、今か今かと『そのとき』を待ち続けたにもかかわらず、いざとなったらクリックひとつできない。我ながら、情けなさに泣きたくなってしまう。

「えぇーい！　根性がないぞ、大地！　さっさと結果を見やがれ！」

今見ても、六時間後に見ても結果が変わるわけじゃない。それならさっさと決着をつけたほうがいい。結果によっては、さらなる戦いのための準備を始めなければならないのだから……

かくして、大きく息を吸った大地は、力を込めてマウスをクリックした。

『合格おめでとうございます。後日、正式な通知が到着します。それに従って入学手続きを進めてください』

「お……。おお……？　おおおおお！！！！！」

腹の底から野太い声が湧いた。同時に、階下から聞こえ続けていた足音がやむ。

そして、それまでとは打って変わった、そろりそろり……としか表現しようのない足音が階段を上がってきた。

「大地……？」

遠慮気味に開けられたドアの隙間《すきま》から、母の顔が覗《のぞ》いた。隠しきれない心配の色に胸を打たれながら、大地は声を張り上げた。

「母さん！　通った！　通ったよ――!!」

〇・二秒で母が大地の机にすっ飛んできた。そして彼女は、日頃からいかに息子の言葉を信用していないかを証明し始める。

「ほんと？　番号を間違えてない？　学校も間違えてない？　最後にちっちゃく『なーんちゃって』とか書いてない!?」

「人生の一大事に、そんないたずらを仕掛けてくる大学なんて、こっちから願い下げだ！　いや、嘘《うそ》です、嘘、前言撤回。どんな大学でもいいから俺を入れてくださ――い！」

「落ち着きなさい、大地。『なーんちゃって』がついてたら入れてもらえないのよ！」

とにかくそこをどきなさい、と強引に押しやられ、大地は夢見心地で机から離れた。

母親の確認なんて待つまでもない。画面にはしっかり『合格』の文字があるし、受験番号と生年月日の入力だって間違えていない。

なんといっても、合格発表になる五分前からその番号を入力し、右クリックを決めるまで都合八分十五秒、何度も受験票と入力画面を照らし合わせていたのだ。今表示されている結果が、大地以外のものである可能性なんてゼロだ。

要するに、俺は合格した。しかも第一志望、言うことなしの『サクラサク』だ！

母親の目に、小さく光る水滴があった。

無理もない。ここに至るまでの数日間、六回続けて『残念ながら……』で始まる文章を読まされたのだ。大地自身は、自業自得以外の何物でもないが、母親にしてみれば歯がゆくて、情けなくてどうしようもなかったことだろう。しかも、これまで発表があったのは、すべて本命の大学よりも難易度の低い学校だった。にもかかわらず『来なくていいよ』の六連弾を突きつけられたのだから、それより難しい学校に合格するわけがない。そう判断するのは当然だ。

大地自身、九分九厘諦《あきら》めていたし、万が一この学校に合格したとしても第三、よくても第二志望ぐらいの学部ではないか、と思っていたのだ。

ありがたいことにこの大学は同じ受験料で三つまで志望できるので、とにかく入れそうな学部をピックアップして受験手続きをした。

その陰には、昨年受験を終えた包丁部の先輩、日向翔平《ひゅうがしょうへい》、月島颯太《つきしまそうた》の助言がある。ちなみに包丁部というのは、正式名称刀剣研究部のことで、その実態は料理部。料理好きなのに家で料理をするのを認めてもらえなかったという初代部長が、苦肉の策として名付けたものである。

大地は入学当初から陸上部に所属し、長距離ランナーとして精進していたが、一年生の夏、膝《ひざ》の故障により退部を余儀なくされた。末那高校には、生徒は必ずいずれかの部に所属せねばならないという校則があり、陸上部退部後の身の振り方に悩んでいた大地を包丁部に誘い入れたのが、中学高校を通じての先輩、颯太だった。翔平は颯太の友人で、後に包丁部部長に就任、その後ふたりはなにくれとなく大地の面倒を見てくれた。

自分たちが卒業するにあたって、彼らは出来の悪い後輩を心配し、自分が使った問題集やら参考書やらと一緒に、受験に臨む際の裏技的注意事項も伝授してくれた。その最たるものが、撃たない鉄砲は当たらない、同じ受験料なら可能な限り併願しろ、だった。

もちろん、全く興味が持てない学部や学科は論外という但し書きはついていた。それでも、少しでも面白そうだと思えるなら出しておけ、たとえそこに進学しないにしても全滅するのとは気分が違う、やってみたら意外と面白かった、なんてことはいくらでもある、というのが彼らの持論だった。

現に、ふたりして第一志望に振られ、第二志望、第三志望のところに決まったにもかかわらず、彼らは実に楽しそうにキャンパスライフを送っている。大地が先輩たちの助言に素直に頷《うなず》けたのはその姿を見ていたせいだった。

先輩や友だちのサポートで追試、補習の常連組を脱したとはいえ、間違っても自分は成績優秀じゃない。第一志望学部に合格する自信は皆無だったし、膝の故障で泣く泣く転部した包丁部にあれだけ嵌《は》まった過去もある。大学の勉強についても、同じことが起こらないとは限らない。

ということで、大地はいくつかの大学で複数学部に出願した。備えあれば憂いなし、とはよく言われることだが、ふたを開けてみれば合格したのは一校一学部、大本命のみ。備えが備えになっていない。これなら本命だけ受ければよかったんじゃない？　そうすれば無駄に黒星を重ねることにならなかったのに、と呆《あき》れる人もいるかもしれないが、行きもしない大学の入学金を払う必要がなかったのだから、これはこれで親孝行だろう。

――もうこれで受験生活とはおさらば。連続三校合計六学部、落ちに落ちたとはいえ、結果的には第一志望合格。我ながら立派なものだ。母さんは喜びすぎて何が何だかわからなくなってるみたいだし、これまでのサポートへの感謝の意味も込めて、今日の夕食は俺が作ろう。なにがいいかな……

包丁部で大地の前に部長を務めていた翔平は、常々『食材の使い回しも料理の腕のうち』と言っていた。

自宅学習期間に入ってから、受験勉強の気分転換として家で料理をするときも、大地は翔平の言葉を忠実に守り、極力家にあるものでなんとかしてきた。だが、今日は特別だ。どうせ学校に報告をしに行かなければならないし、帰りに買い物をしてくればいい。

ということで、大地は久々に制服に袖を通し、意気揚々と末那高校に向かった。

「起死回生ってこのことですね」

てっきり浪人だとばかり……と、故事成句大好き男、不知火零士《しらぬいれいじ》が言う。

「六連敗のあとにサクラサク？　しかも第一志望合格？」

そんなドラマチックな展開はあり得ない……と、マザコン兼シスコン男、水野優也《みずのゆうや》も言う。

さらに、受験って意外とチョロいんですねとか、家から通える範囲に大学がたくさんあるって
それだけで神だとか、ふたりして言いたい放題。包丁部顧問ミコちゃん先生に至ってはしばらく
口を開けっ放し、挙げ句の果てにぽつりと一言。

「防災用品とかチェックしといたほうがいいかも……」

「どういう意味ですか！」

「いや、こんな特大級の奇跡が起きたら、揺り返しで天災のひとつやふたつ降ってきてもおかしくない」

「そこまでですか、俺……」

そのとき、がっくりと項垂《うなだ》れた大地のポケットから、メールの着信音がした。確かめてみると、
送信者は金森悟《かなもりさとる》。大地同様、訳ありで包丁部に途中入部することになった同級生だった。

『おめでとう！　あとでうちに寄ってよ。直接お祝いを言いたいし、できればあやかりたいから』

さすがは『キングオブいい人』……と、大地は思わず目頭が熱くなる。そんな大地を見て、不

知火が呆れたような声を上げた。

「あり得ない……勝山先輩、金森さんにまで連絡したんですか？」

金森は特進クラス在籍で極めて優秀、経済的な事情もあって国公立大学を志望している。滑り止めも給付型奨学金制度がある私立を狙っているが、いずれもまだ受験日を迎えていない。

不知火は、今なお受験戦争真っ只中《まただなか》の友人に、自分だけ戦線離脱したことを知らせるのはいかがなものか、と言いたいのだろう。それについては、大地も同感だった。

「まったくな。実は、俺もまずいとは思ったんだけど、あいつ、前から俺のことすごく気にしてくれててさ。合格したら絶対に知らせてくれ、って言われてたんだ。そしたら俺も安心して勉強に打ち込める、とか言われたら知らせるしかないじゃん」

先に合格した奴が妬《ねた》ましいなんて思わないからさ、と満面の笑みで言われ、それもそうだ、と素直に納得した。確かに、金森は成績だけではなく、人格もかなりの高偏差値だ。友人への助力は惜しまないし、時には自分のことなどそっちのけ。それでも必要な努力は怠らず、着実に結果を出すのだ。

金森と後輩たちの後押しでどうにか包丁部の部長を務め終えたものの、それで精一杯。準備不足としか言いようのない状態で受験に突入した大地と同列に語れるわけがない。

実際に受験が始まってからも、金森は苦戦する大地を慰めたり、励ましたりしてくれた。その彼が、大地が先に戦線離脱したと聞いたところで、悪感情を抱くはずがなかった。

「金森さんならそうでしょうね。むしろ大地先輩が合格したことで、心配の種が減ったって喜んでくれそうです」

大地の言葉を聞いて、優也が大きく頷いた。不知火も同意する。

「そうか……金森さんは優秀だし、模試だってA判定オンパレードだから、勝山先輩のことを心配する余裕もたっぷりあるってことですね」

「悪かったな！　どうせ俺は、そこら中に心配かけまくってるよ！」

「ま、いいじゃないか。結果オーライで。必要ないとは思うが、万が一ってこともあるし、せいぜい金森に縁起を担がせてやってくれ」

受験は水物、合否は時の運。実際、十中八九受からないと思った奴が受かることもあれば、その逆もある、とミコちゃん先生は珍しく真剣な面《おも》持ちで言う。

おそらく『十中八九受からないと思った』の実例は目の前にいる自分だろう。本人を前にあまりにも失礼だが、言っていることは間違っていないし、油断大敵というのはこの時期の教師が口にするに相応《ふさわ》しい内容だった。

「金森には縁起を担ぐ必要なんてなさそうですけど、とりあえずあとで寄ります。それより後輩諸君、おまえらこそ俺にあやかったほうがいいんじゃないか？」

「けっこうです！　どうせなら大地先輩じゃなくて金森さんにお願いしたいです！」

「そうそう、鉄板の正統派、特進クラスお墨付きの合格菌がいいです」

相も変わらず、先輩を先輩とも思わぬ二年生ふたりの発言に、ミコちゃん先生が苦笑しながら言う。

「まあ水野も不知火もそう言ってやるな。勝山は、野球で言えば九回裏ツーアウトから逆転満塁ホームランをぶっ飛ばしたようなものだ。前代未聞の大逆転菌、効果絶大かもしれないぞ」

「六連敗してからしか発動しないようなのはいやです！」

ミコちゃん先生のとりなしの効果も虚《むな》しく、優也にきっぱりとどめを刺され、大地は轟沈《ごうちん》する。

そもそもめでたいはずの合格なのに『菌』扱いってどうなんだ、と文句を言おうとしたとき、調理実習室のドアが勢いよく開き、木田三樹夫《きだみきお》が入ってきた。

「あ、大地先輩！　もういらしてたんですね。すみません、遅くなって。もっと早く戻ってくるつもりだったんですが、いつものスーパーに生クリームのいいのがなくて……」

「生クリーム？」

そういえば、不知火はすでに小麦粉まみれ。今日の献立はまたしても小麦粉教信者垂涎《すいぜん》のスイーツなのか？　と思っていると、続いて入ってきた蘇我琢馬《そがたくま》が説明を加えた。ちなみに三樹夫も琢馬も、昨年の春に入部してきた一年生である。

「俺は売り場にあるやつでいいと思ったんですが、三樹夫がクリームは上等のやつじゃないと、とか言い出して、結局『バウム』まで取りに行ったんです」

『バウム』というのは三樹夫の両親が営むパン屋である。菓子パンにはホイップクリームを使うものもあるし、そもそも『バウム』はケーキも売っているから、生クリームは常備されている。

父親が材料にこだわっているため、品質だって上等だ。三樹夫は、スーパーでは満足できず、わざわざ生クリームを取りに家に帰ったらしい。

「生クリームなんて、いつだって店頭にあるやつを適当に選んで使ってたじゃないか。なんでわざわざ……」

首を傾《かし》げる大地の目の前で、三樹夫は人差し指を左右に揺らした。

「いつもならそれでいいんですけどね。今日は特別だから上等のやつを買ってこい、って先輩たちに厳命されて」

「はあ?」

先輩たち、というのは言わずと知れた二年生のことだ。いったいどうして? と思って優也と不知火を見ると、彼らは気まずそうな顔で目を逸《そ》らす。そこで、ミコちゃん先生がぷっと吹き出した。

「ツンデレ大爆発だな」

「ツンデレ?」

「もうな、祝う気満々。祝勝会まっしぐらだぞ、こいつら」

結果を確認したあと、大地は優也と不知火の携帯にメッセージを入れた。

一年前、自分は翔平や颯太の結果が気になって何も手につかなかった。後輩たちが同じように思ってくれるとは限らないけれど、どうせ知らせるなら早いほうがいいだろう、と考えてのことだった。

大喜びもいいところ、本当はクラッカーとか割れたくす玉のスタンプでも添えたい気持ちだったが、いくら何でも恥ずかしすぎる。多少は体裁を繕いたいという気持ちもあり、『合格した』の一言にとどめた。それに対して返ってきたのは『おめでとうございます』という素《そ》っ気《け》ない一言。

もうちょっと盛り上がってくれても……と思いながら辿《たど》り着いた調理実習室では『起死回生』だの『あり得ない』だのさんざんな言われようで、大地は内心、翔平たちが合格したときとの違いに落ち込みそうになっていたのだ。

ところが、ミコちゃん先生は、それこそが『ツンデレ』だと言う。

「こいつら、ずーっとおまえが合格するのを待ってた。私の顔を見るたびに、『連絡ありましたか?』って詰め寄ってきてな。で、連絡があった直後の休み時間、不知火と水野は調理実習室に走った」

不知火は室温に戻すために冷蔵庫から卵を出し、水野は在庫を確かめて買い物メモを作ったという。メモは直《ただ》ちに三樹夫にメール送信され、一年生組は放課後になるなりスーパーに直行。今ようやく戻ってきた、ということらしい。

「ほら勝山、いい匂いがしてきただろう? すでにオーブンは稼働中だ」

慌てて覗き込んでみるとオーブンにはライトが灯《とも》り、大きなラウンド型が入っている。型と甘い匂いから考えて、スポンジケーキを焼いているのだろう。

「小麦粉は不知火秘蔵の最上級、生クリームは『バウム』のプロ仕様」

「苺《いちご》だって、一パック八百円のやつですよ。見てください、この色と艶《つや》。程よい酸味でケーキにぴったりの『とちおとめ』、しかもサイズも大きすぎず小さすぎず。もうね、最高の苺ショートケーキができますよ」

琢馬が自慢げに苺をかざす。別におまえが作ったわけじゃないだろうに、と思いつつも、大地はにやにや笑いを止められなくなる。

さらに三樹夫が嬉《うれ》しそうに言う。

「ケーキだけじゃありません！　炊飯器には具たっぷりの五目飯、鍋には豚角煮と味玉子。どっちも優也先輩渾身《こんしん》の作です」

「え……優也作？　それ大丈夫なのか？」

「ご心配なく！　レシピは翔平先輩のですから」

優也が不本意そうに答えた。その場にいた全員があからさまに安堵《あんど》の表情を浮かべたところを見ると、翔平レシピの威力は今なお健在。昨年卒業する直前に、翔平と颯太が苦労して文書化してくれた甲斐《かい》もあるというものだ。

そうこうしている間にも、小麦粉教信者たちは生クリームをホイップし、苺を洗い始める。炊飯器からは醤油の香ばしい匂いがたち上り、優也が角煮の鍋がのったコンロに火をつけた。

「五目飯に角煮と煮玉子、デザートはケーキか。じゃあ、俺もサラダぐらい作るかな……」

野菜はなにかある？　と訊《き》くより先に、優也の声が飛んできた。

「サラダは琢馬にやらせます。大地先輩は主賓なんですから、座っててください」

「いや、でも……ただ待ってるってのも暇なんだよ」

「あー……じゃあ、ひとつお願いしていいですか？」

優也が、煮汁の温まり具合を確かめながら言う。盛り付け用の皿でもとってほしいのかと腰を上げたところで、彼の口から出てきたのは意外な言葉だった。

「翔平先輩たちの引退セレモニーのとき、大地先輩が作った吸い物、覚えてますか？」

「……ああ、あのナスと卵のやつ？」

「そうそう、それです」

「あれ、しょっぱかったよなー。で、それがなにか？」

「あのあと、何回か作ってみたんですけど、なんかうまくいかないんです」

あのときは大地と優也がふたりがかりで作った。作り方も見ていたし、自分だけでもできるはずだと思ったのに、作ってみるとどこか違う。夏の間、何度もチャレンジしてみたが、とうとうあの日の吸い物のようにならなかったのだ、と優也は悔しそうに言った。

「大地先輩は失敗も多かったけど、どれもリカバリー不能ってほどじゃなかったし、微修正すればそこそこ旨《うま》かった……ような気がします」

「俺の料理は修正することが前提なのか！　しかも、そこそこって！」

「すみません、つい本音が……。でも、今日の献立には汁物があったほうがいいし、そんなに暇ならひとつ……」

「まったく、おまえの毒舌はどうにかならないのかな！　で、ナスはあるのか？」

「あるわけないじゃありませんか。季節外れもいいところです」

「俺にどうしろと……」

「そこは部長の腕の見せ所です」

「今の部長はおまえだろ！　てか、主役なしで腕が見せられるか！」

「まあそう言わず。俺、大地先輩の汁物、わりと好きなんですよ」

そこだけやけにかわいい声で言うと、優也はまた鍋に目を戻す。ツンデレはここでも大爆発していた。

——まったくこいつときたら……。とはいえ、こいつもずいぶんたくましくなったもんだ。一年のとき、包丁部に入部したいとも言い出せず、天文部に強制入部させられそうになってたのが嘘みたいだ。不知火とこいつ、どっちを部長にするか悩んだけど、優也にしておいて正解だったな。

翔平と颯太のように、末那高祭に参加しそびれて不完全燃焼ということもなく、大地は無事、包丁部を引退した。同時に部長に就任したのが優也である。

七月早々におこなわれた引退パーティは、優也の部長としての初仕事となり、部員たちがこぞって腕を振るった。翔平たちのときのように、弁当男子コンテスト優勝作品の披露などという目玉こそなかったけれど、前菜からデザートに至るまで、それぞれが持てる力を最大に発揮し、賑《にぎ》やかなテーブルとなった。その陰に、優也の頑張りがあったのは言うまでもない。

引退パーティは企画立案の段階から後輩たちに任された。新部長の腕の見せ所である。サプライズパーティなんて概念は皆無の包丁部のこと、大地は準備の様子をつぶさに見ることができた。

まず優也は、前菜、主菜、副菜、汁物、デザート、といった大まかな分類で、各人の担当を決め、それに従って発案されたメニューを調整した。それぞれに内容を詳しく訊き、同じような味付け、食材が重ならないように配慮した。その上で、料理全体のボリューム、バランスまで考えて、ひとつのパーティとして完璧な献立を作り上げたのだ。

翔平たちの引退セレモニーで、小麦粉を使った水無月という小麦粉教信者苦肉の一品を出してきた不知火は、こともあろうにデザートから外された。

こいつがデザートじゃないなんて……と部員たちがあっけにとられる中、優也は不知火にパンを焼いてはどうかと提案した。

せっかくパン屋の息子がいるのだから、教えを請わない法はない、と優也に言われ、不知火は一も二もなく賛成。三樹夫も快く協力を申し出た結果、引退パーティのテーブルに焼きたてパンが加わることになった。しかも、調理実習室に何台もあるオーブンを駆使して、甘いものから辛いものまで複数の種類を焼き上げたのだ。甘さたっぷりのペストリーは、デザートとしての役割を兼ねていたのだから見事な作戦である。

焼きたてふわふわのパンが、テーブルにずらりと並んだ。しかもたくさんの種類が食べられるようにひとつひとつは小ぶりに作られ、まるで食べ放題を売りにしているベーカリーレストランのようだった。

一方琢馬は、自分に作れる料理があるとは思えない、と肩を落とした。

彼は中学校まで野球一筋だったが、もう野球は十分やったし、これ以上続けては友人の成長を妨げる、という考えから野球部への入部を断念した。食べることが大好き、という理由のみで包丁部に入部してきた琢馬は、不知火にパンやお菓子の作り方を教える三樹夫に引け目を感じているようだった。

そんな琢馬に、優也は飲み物を担当させた。

それを聞いた琢馬は、飲み物担当というのは、要するに買い出し係ということか、いくら経験がないとはいえ、チャレンジすら認めてもらえないなんて、とさらに落ち込んだ。ところが、優也のいう『飲み物担当』は買い出し係などではなかった。

優也は実に軽い調子で、琢馬に言った。

『そこの棚にミキサーがあるだろ？　それで生ジュースを作ってよ』

季節は夏、生の果物はふんだんにある。アレンジし放題で失敗の少ない生ジュースは、力量のない琢馬にうってつけ。部員一同、おお！　と膝を打ったものだ。

琢馬は野球一筋だっただけあって栄養補給はもっぱらタンパク質と炭水化物中心、野菜や果物を取ろうとしなかった。そんな息子のために、彼の母親は毎日、果物や野菜がたっぷり入ったジュースを作ってくれていたそうだ。この機会に母親のレシピを披露したい、という琢馬に、部員たちは大賛成。野菜や果物があまり好きじゃない琢馬が、大喜びで飲み続けるほど美味《おい》しいジュースなら、是非とも味わってみたいというのが共通した意見だった。

焼きたてパンと生ジュース。それだけでも十分魅力的なのに、そこに加えられた主菜がまたすごい。優也が主菜として選び出したのは、大きな塊肉《かたまりにく》を使ったコールドポークだった。塊肉に塩や胡椒《こしょう》をすり込み冷蔵庫で一日寝かせ、野菜の切りくずとともに低温でじっくり煮込んで作るコールドポークは、ローストビーフよりも日持ちがするし、何よりも材料が安い。それでいて、主菜としての存在感はたっぷりなのだからありがたすぎる。

コールドポークを作ったのは金森だった。引退パーティの主賓のはずなのになぜ？　と思わないでもなかった。だが彼は、自分はろくに活動していない、これが最後の機会だからぜひとも料理を作らせてほしいと申し出た。それもそうだ、とみんなが納得し、主菜は金森に任されることになった。

引退パーティ当日は夏本番を思わせるような暑さで、隅っこにつけたマスタードのさわやかな辛みがなんともいえず、たまには冷たい肉もいいだろうという優也の判断は大絶賛を浴びた。

そして、金森が作ったコールドポークの鍋をそのまま引き受けたのが大地だ。そういえば、あのときも優也に『大地先輩は、汁物お願いします！』と言われた。力量を疑われているのだろうと思ったが、今回の成り行きを考えると、優也は本当に大地が作る汁物を気に入ってくれているのかもしれない。

肉を取り出したあとの鍋には、煮込んだ野菜が残っていた。それをそのまま食べるという手もあったが、サラダは優也が受け持つことになっていたし、肉と野菜の旨みがたっぷりしみ出したスープも有効利用したい。ということで、大地はそれを使ってミネストローネを作ることにした。ミネストローネなら冷たくも温かくもできる。パーティ翌日は雨となり、前日とは打って変わった肌寒さの中、後輩たちは温め直して飲んだという。『旨し！』という言葉と満面の笑みのスタンプが送られてきて、大地はささやかながら先輩の面目を施すことができた。

優也が作ったのは、胡麻《ごま》油にポン酢、粉末鶏ガラスープ、たっぷりの擂《す》り胡麻、隠し味としてニンニク、少量の砂糖を加え、仕上げに味付け海苔《のり》を揉《も》み込んだ水菜サラダだった。水菜のしゃきしゃき、味付け海苔のぱりぱりが口に嬉しく、かなりの量があったのに、瞬く間に食べ尽くされてしまった。

本人は、これは韓国風のサラダで、本来は味付け海苔ではなく韓国海苔を使うべきなんだけど……と残念そうにしていたが、胡麻油と擂り胡麻がたっぷり入っているのだから、韓国海苔の胡麻油風味は十分補える。わざわざ韓国海苔を買わずに、もともとあった味付け海苔を流用するなんて、さすが部長だけのことはある、と金森に褒められ、まんざらでもない顔をしていた。

パンにしても、小麦粉教信者の『教』の字が時として『狂』あるいは『凶』になりかかる不知火と玄人裸足《くろうとはだし》の三樹夫がタッグを組み、食パンからバゲットまで際限がなく作りそうになっていたのを、優也は『バターロールの生地を使えばいろいろ作れるんでしょ？　同じ生地でどれだけバリエーションが出せるか楽しみにしてるよ！』なんて煽《あお》り半分の台詞《せりふ》を発し、作業の軽減化に導いた。

結果、テーブルの上には桜の花の塩漬けをのせた餡《あん》パン、手作りのカスタードを入れたクリームパン、ウインナーやベーコンを巻き込んだもの、フィリングにゆで玉子やポテトサラダを使ったロールパンサンドイッチなどがほどよく並ぶこととなった。

サラダの出来まで含めて、あの日の優也の仕切りは完璧だった。なによりも実質命令に近い提案を、抵抗なく受け入れさせる話し方は秀逸だ。

大地としては、なぜあの柔らかい物腰に、時として辛辣な台詞が入り込み、しかもその大半が自分に向けられるのかは謎としか言いようがない。とはいえ、優也は部長として包丁部をまとめるに相応しい男だった。

一方、不知火にも手柄はあった。彼は、ことあるごとに聞いたことがないような諺《ことわざ》を繰り出して部員たちを煙に巻きつつも、優也の部長就任を羨むわけでも、僻むわけでもなく、独自の包丁部ライフを楽しんでいた。

不知火は普段から、僕の座右の銘は唯我独尊、独立独行です、と明言していた。確かに我が道を行く男だと思っていたら、意外にも不知火は後輩たちをよく見ていたらしい。その証拠に、彼は新入部員の琢馬に包丁の手入れ役を勧めたのだ。

包丁の手入れはもともと翔平の仕事で、彼の引退後は金森が引き継いだ。金物屋の跡取りだけあって、金森の包丁研ぎは翔平に勝るとも劣らず、部員たちは一度も『包丁が切れない』という悩みに遭遇することなく活動を続けてこられた。

金森が引退するにあたって一番問題となったのは、以後、包丁の手入れをどうするかということだった。後輩たちの中に、包丁の手入れができそうな人間がいなかったのだ。もちろん、まったく対策を立てなかったわけではない。

先般、大地と優也、そして不知火は人手不足に陥った『金森堂』の手伝いに行った。その際、三人は金森の父親に包丁の研ぎ方を習うことにした。そうすれば金森堂の手伝いを包丁部の活動の一環とすることができるし、今後の包丁の手入れにも役立つと考えたからだ。ところが、三人が三人ともからっきしセンスがない。その包丁が両刃なのか片刃なのかも見極められず、金森の父親はため息連発だった。

お互いに、包丁部員として包丁の一本ぐらい研げなくてどうする！　と励まし合いながら奮闘するも、金森の父親に『あんたら向いてないわ』と匙《さじ》を投げられ、包丁の手入れはそれまでどおり金森だけに任されることになってしまった。

翔平、金森と続いた包丁研ぎ師自給状態はついに途絶えた。

金森の父親は、包丁ぐらい俺が研いでやる、と言ってくれたが『金森堂』は金物屋だ。一本いくらで包丁研ぎを請け負っている店に、無料で頼むことはできない。一回二回ならともかく、包丁部の活動が続く限り、包丁の手入れは不可欠なのだ。不十分ながらも自分たちで研ぐか、なんとか部費をやりくりして料金を支払うか……と、部員たちは迷っていた。

その状況に活路を開いたのが不知火だった。

『なんか既視感があると思ったら、蘇我君の身体《からだ》つきって、日向先輩そっくりなんだね』

不知火は至って呑気《のんき》そうに言った。時は五月、ゴールデンウイークが終わったばかり。部員たちは一年生から三年生まで勢揃《せいぞろ》いで、どこかに削れる費用はないか、と出納簿をひっくり返しているところだった。

みんなが包丁の切れ味について頭を悩ませているというのに、なんでこいつは！　と大地が腹を立てかけたとき、不知火が隣に座っていた琢馬の肩をぐいっと摑《つか》んだ。

『あーこの感触、日向先輩と同じだ。君って、脱いだらすごい系だろ？』

『は……？』

いきなり肩を摑まれ、琢馬は戸惑っていた。なおも肩の筋肉を確かめつつ、不知火は続けた。

『日向先輩もそうだったんだ。運動部にいたことはないって言うし、ただの固太りかと思ってたらそこら中が筋肉。亀毛兎角《きもうとかく》とまでは言わないけど、料理オタクにはあり得ない身体だった。君も同じだ。あ、亀毛兎角って、毛が生えた亀、角が生えた兎、つまりこの世にあり得ないものって意味ね』

小難しい四字熟語を説明され、琢馬は曖昧《あいまい》に頷きつつ答えた。

『そりゃあまあ……俺、元々キャッチャーですし……』

『そういえばそうだったね。ガチの運動部、筋肉がなくてどうする、ってことか……』

『確かに、琢馬の身体つきは翔平先輩にそっくりだ。でも今は、そんな話はしてないだろ！』

堪《たま》りかねて大地が叫んだ。それをなだめたのは金森だった。

『まあそう言うなよ』

金森は店の手伝いのためにバレー部が続けられなくなり、幽霊部員前提で包丁部に入部してきた。従って活動はもっぱら昼休みの包丁研ぎに限られていたが、その日は包丁に関わる話だと聞いて緊急参戦していたのだ。

どうやらその時点で、金森は不知火の言わんとするところを見抜いていたらしい。

金森は琢馬に話しかけた。

『肩にそれだけ筋肉が付いていれば、力も強いだろ？』

『ええ、それについては多少自信があります。料理はだめですが、荷物運びとかなら任せてください。あ、なんなら買い出し専任とか……』

包丁部で買い出し専任というのはかなり情けない。料理をしてなんぼ、包丁を握ってこその包丁部である。そんな自虐的なことを言わなくても、少しずつやっていけばいい。ここにいる部員たちは全員そうしてきた。根っからの料理オタクなんて、翔平以外いなかったのだから……

おそらくその場にいた部員全員がそう思ったことだろう。だが、その誰よりも早く、不知火が口を開いた。

『心配しなくても料理なんてすぐに上手《うま》くなるよ。でも、せっかくそれだけの筋肉があるんだから、それを生かさない法はない』

『すみません。意味がわかりません……』

俺、頭の中も筋肉ばっかりみたいなんです、とさらに自虐に走る琢馬に絶句したあと、金森が微妙に笑いを含んだ声で言った。

『君さ、包丁を研いでみない？　たぶん、向いてると思う』

『やっぱりそう思いますか！　僕も絶対いけると思うんですよ！』

不知火がものすごく嬉しそうな声を上げた。金物屋の息子、かつ当代包丁部専属研ぎ師である金森の発言に、大いに力づけられたのだろう。だが、大地には包丁を研ぐのにそんなに力がいるとは思えなかった。

翔平は言うまでもなく、バレーボールで鍛えていた金森も肩にはしっかり筋肉をつけているが、彼らが包丁研ぎに長《た》けているのは筋肉のせいではないはずだ。筋肉の持ち主である琢馬も、しきりに首を捻《ひね》っている。

『なんで向いてるってわかるんですか？　俺、包丁なんて一度も研いだことないんですけど』

『俺もわかんねえ。包丁を研ぐのにそんなに筋肉はいらないだろ？　翔平先輩の筋肉は、鍋やフライパンを振り回すためのものだったんだし』

『あながち無関係とは言えませんよ。リズミカルに砥石《といし》の上を往復させるには、やっぱりそれなりの筋肉がないと。それに一本二本ならまだしも部員たちが使う分全部となると結構な本数です』

根拠を述べる不知火に、金森も加勢した。

『そのとおり。包丁の手入れはこまめにやったほうがいいし、毎日、しかも短時間で研ぎ上げようと思ったらやっぱり力は必要だよ』

『でも……俺だってそこそこ筋肉はあるけど、包丁研ぎは……』

そこで大地は自分の肩をぐいっと摑んで確かめた。

大地だって元運動部だ。陸上部をやめたあとも家で筋トレは続けていたし、膝が使えない分、上半身を鍛えることが増えていた。おかげで翔平や琢馬には劣るにしても、それなりに筋肉は付いている。それでも、包丁研ぎはいっこうに上達しなかった。それが包丁研ぎに筋肉は関係ないと思う根拠だった。

だが、そんな大地の意見を不知火はものともしなかった。

『蘇我君が包丁研ぎに向いていると思う根拠は、筋肉だけじゃありません』

『意味不明。俺は琢馬以上に頭の中まで筋肉らしい。わかるように説明してくれ！』

嘆く大地に、金森が爆笑。大地の成績の悲惨さは彼が一番知っているせいだ。金森はひとしきり笑い続けたあと、ごめんと謝って、不知火の話の続きを引き取った。

『包丁研ぎって、実に地味な仕事なんだよ』

『それはそうだな』

砥石に向かって座り、ただひたすら包丁を往復させる。その作業に派手さは微塵《みじん》もない。

包丁は包丁部の看板だ。小麦粉教信者が発生し、熱心な布教活動を始めるまで、活動に包丁が使われないことなどなかった。主たる活動であった野獣飯……いや、総菜作りは、翔平や金森が研ぐ包丁の抜群の切れ味に支えられてきた。だが、その切れ味を維持する作業は、金森の言葉どおり、地味としか言いようがないものだった。

『でね、その地味な作業を延々と続けるとなると、性格の向き不向きがあるんだよ』

『性格……つまり俺は性格的に合わないってこと？』

『勝山先輩だけじゃなくて、僕もアウトです。たぶん、月島先輩も。なんていうか……縁の下の力持ちタイプじゃないですから。そもそも勝山先輩って引っ張るタイプじゃないですか』

『え……俺ってそうなの？』

『陸上部時代はエースでしたよね？　中学時代もそうだったんでしょ？　陸上部内でもリーダー的存在だったんじゃないですか？　今だって部長だし』

どんな組織にも引っ張る者とそれについて行く者がいる。大地や颯太はどちらかと言えば引っ張るタイプだ。引っ張るタイプは自ずと目立つし、縁の下の力持ちの役割を果たすことはない、と不知火は断言した。

『水野君も昔は引っ張られるタイプだったかもしれないけど、今は違います。だからこそ、勝山先輩たちは水野君を部長に推すんでしょ？』

それを聞いて、思わず大地はぎくりとした。

既にその時点で、部員たちに次期部長は優也だと伝えていた。もしかして人選に不満でもあるのか、と不知火の顔を窺うと、不知火が小さく笑った。

『ご心配なく。僕は部長になんてなりたくありませんから。自分が独立独行タイプだってわかってますし、そういう奴が部長になったら周りに迷惑です。どうしてもっていうなら、包丁部の部長よりも小麦粉教の教祖のほうがいい。あ、故事成句とか語源研究部ができたらさすがに譲れませんけど』

その分野で僕の上に立つ存在なんて認められるわけがない、と不知火はにやりと笑った。

『とにかく、勝山先輩も水野君も僕も縁の下の力持ちタイプじゃない。でも、蘇我君はまさにそのタイプです』

『確かに。キャッチャーなんて縁の下の力持ちそのものだもんな』

『性格的に真面目《まじめ》だし、同じ作業を続けても平気そうだし……』

そこで不知火は、確かめるように琢馬を見た。

『君、整理整頓《せいりせいとん》とかも好きじゃない?』

不知火の切れ長な目でじっと見つめられ、琢馬は黙って首を縦に振った。

『やっぱり。包丁部の備品ロッカーとか冷蔵庫の中、整頓してくれたのは君だよね? 僕たちは使いっ放しのやりっ放し、何でもかんでも適当に突っ込んでぐちゃぐちゃにしてたのに、いつの間にか全部きれいになってた。冷凍庫の中も鶏は鶏、豚は豚って分けて、すごく探しやすくて助かった』

君はまさに縁の下の力持ち、その上、力もある。だからきっと包丁研ぎも上手くなるよ、と不知火はにっこり微笑《ほほえ》む。

『賛成。ということで、今度昼休みにでも一緒にやろう』

金森の一言で、琢馬の修業開始が決定。昼休みは調理実習室、週末は『金森堂』で、琢馬は金森の後を継ぐべく頑張ることになった。

金森と不知火の判断の正しさは、『金森堂』店主の口からうっかり漏れた『段違いだな……』という一言で証明された。もちろん、本人は言ったとたんにはっとして、琢馬に聞かなかったことにしてくれと頼み込んだらしい。さすがに『金森堂』のピンチを助けてくれた三人に対して失礼だと思ったのだろう。

琢馬はその願いを素直に聞き入れ、店主の発言について言及することはなかった。にもかかわらず大地がそれを知っているのは、『キングオブいい人』の鎧《よろい》が珍しくほころんだからだ。

夏休みが終わってすぐのころ、廊下で金森と遭遇した大地は、琢馬の修業がどうなっているか訊《たず》ねた。その際、金森の口から出たのが『段違い』という言葉だった。言った直後、金森は目の前に比較対象がいることを思い出したのか珍しく狼狽《ろうばい》、平身低頭していた。

いずれにしても、琢馬は包丁を研ぐという作業がいたく気に入ったらしく、夏休みの間、連日『金森堂』に通い詰め、修業に勤《いそ》しんだそうだ。その甲斐あって、夏休みが終わるころには、それなりに研げるようになった。

『僕が翔平先輩から受け継いだ包丁たちを、これからは琢馬君が守ってくれるんだね』

安心したように言う金森の顔を見ていたら、なんだかちょっと泣きそうになった。

運動部ならまだしも、究極の文化部、しかも末那高きってのゆるゆる部である包丁部でこんな展開はあり得ない。さては俺、老化現象で涙腺が弱くなったのか？　と疑いたくなったが、あれはきっと金森の巧みな話術のせいだ。技の伝承という意味では運動部も文化部も関係ない。むしろ、包丁を研ぐ技術なんてまさに日本古来の伝統芸だ。ドキュメンタリー番組のナレーターみたいに淡々とした口調で語られたら、感動が勝手に押しかけてくる。包丁部でこんな感動を味わえることなんて滅多にないんだから、この際大いに味わっておくべし、だった。

大地がぼんやり過去を思っている間に、不知火はスポンジケーキに生クリームを塗り始めていた。いつの間に買い込んだのか、スポンジはデコレーション用の回転台にのせられている。

三樹夫に助言されながらクリームを塗っていく不知火を眺めつつ、大地はひとり悦に入る。

――いろんなことがあったけど、まあ結果オーライだよな……

不知火の慧眼《けいがん》と金森親子の助力によって包丁の切れ味は守られ、独自の役割を得た琢馬は日々充実。優也は部長をつつがなく務めているし、三樹夫は不知火にまとわりつかれながらも、地道にリーズナブルな総菜作りの腕を磨いている。三年生が引退したあと部員は四名になってしまったが、来年の新入生をひとりゲットすれば部としては成立する。毎年窮地に陥りつつも、なんとか存続してきた部なのだから、来年もひとりぐらいは誘い込めるだろう。

「大地先輩、キウイ大丈夫ですか？」

そこに声をかけてきたのは琢馬だった。手にはキウイを持っている。キウイのグリーンはケーキのデコレーションに使うときれいだが、アレルギーを持っている人も多いらしい。大地のためのケーキなのに、本人の苦手なものを入れるわけにはいかない、ということで訊ねてきたのだろう。

大地は、俺にはアレルギーはない、キウイはかなり好きだし、いっぱい入れてくれ、と答えようとした。ところが、それより先に答えた者がいた。

「大丈夫だよ。大地先輩はそんなにデリケートじゃない。この人、花粉症の『か』の字もないんだよ」

優也の言葉に、不知火も便乗してくる。

「そうそう。もはや人類とは思えない」

「受験明けにしては顔色もつやつや。やつれた様子は全然ないし、本当にちゃんと勉強してたんですか?」

「おまえら、合格祝いとかなんとか言いながら、実は俺をいじって遊びたいだけだろう!!」

「あ、ばれた!」

優也はぺろりと舌を出し、不知火はにやりと笑う。そしてふたりは口を揃えた。

「俺たちがいじり倒せないような部長はいりません!」

「今の部長は優也だ――――!!」

なんなんだこの展開。俺は永遠のいじられ役か! と大地は心底がっかりする。

そのとき、項垂れた大地の目の前にグラスがひとつ差し出され、琢馬の感心したような声がした。

「はいどうぞ。本当に仲がいいですよね、先輩たち」

グラスの中身は色鮮やかなオレンジ色。さっきがーっという音がしていたから、生のオレンジで作ってくれたのだろう。しかも縁にはオレンジの飾り切りが添えられていた。

「これ、おまえが切ったのか？　すごいな……」

「いや、包丁が切れるかどうかみるのは、こういうのがもってこいかなと思って……」

研ぎ上げた包丁を試すのに、最初はトマトを切っていたそうだ。

トマトの皮はあれでなかなか頑丈で、ちょっと切れ味が落ちると『切る』ではなく『押しつぶす』といった感じになる。だから、トマトがすっと切れれば問題ない、と……

だが、段々腕が上がるにつれ、トマトが切れるのなんて当たり前になってきた。むしろ、トマトが切れない包丁なんてただの鉄板だ、と思い始め、そのころから琢馬は徐々に飾り切りに手を出すようになったそうだ。

生半可な包丁では、松の葉のように細いパーツは切り出せない。料理のプロが使うようなレベルに達しないと、美しい飾りものは作れない、と考えた琢馬は、研ぎ上げた包丁で果物や野菜を切りまくった。飾り切りの教本を買い込んだものの、最初は似ても似つかぬ仕上がりだった。それでも毎日毎日やっているうちに少しずつ上達し、今では教本とほとんど変わらないぐらいになった、と琢馬はちょっと得意そうに言った。

「なるほど、日々の積み重ねか……大したものだな」

目の前にあるのはオレンジだが、きっとリンゴや苺も芸術的に切れるのだろう。キュウリの細工だって朝飯前、スイカの浮かし彫りとか出された日には、翔平だって驚くだろう。

不知火は相変わらずデザートに傾きっぱなしだし、このままでは来年の末那高祭でフルーツパーラーをやる！　とか言い出しそうだ。

包丁部は代々総菜中心、しかも腹一杯になってなんぼの野獣飯が売りだったのに、と優也は頭を抱えるかもしれない。だが、フルーツパーラーなら他校女子が押しかけてきて大繁盛だろうし、売上げが増えるのはありがたい。それに、『女子か！　女子の群れか！』とかなんとか叫びながら、颯太先輩が乱入してきそうだ。颯太先輩が来るなら、翔平先輩も一緒だろうし、俺だって見たい。

不知火たちは大小ふたつのデコレーションケーキを完成させ、小さいほうをラッピングしている。どうせ金森のところに行くなら、ついでに届けてくれとでも言うつもりなのだろう。

大地の合格を祝い、これから始まる金森の受験を激励する。後輩たちの気持ちがたっぷりこもったケーキは、食べる前からとろけるような味わいを予想させる。

現役包丁部渾身の五目飯や豚角煮、適当に作ったわりにはそこそこの出来だった大地の吸い物などをみんなで食べたあと、優也たちはショートケーキを切り分け始めた。

手っ取り早く人数分に切るか、苺と生クリームのバランスまで考えて美しく切るかでしばらくもめたあと、不知火が振り向いて訊ねてくる。

「勝山先輩、やっぱりケーキはビジュアル重視ですよね？」

「いやー俺としては『きれいなのをちまちま』より『でっかいのをどかん』だな」

「せっかくきれいにデコレートしたのに……」

「馬鹿だなあ、不知火。大地先輩に盛り付けの美学を求めるほうが無理」

「む……確かに」

あくまでも先輩をいじり続ける後輩たちに苦笑したあと、大地は大胆にカットされたショートケーキを受け取る。甘酸っぱい苺が控えめな甘さのクリームとベストマッチ、見た目も紅白でお祝い気分一色のケーキを味わっているうちに、楽しい午後が過ぎていった。

第二話

大学祭の焼きそば

——うーん……やっぱり厳しいなあ……

スマホの画面をスクロールさせながら、大地はため息をついた。

時刻は午後一時二十五分、大地がいるのは大学の食堂である。この日、午後の一コマ目が空いていたため、大地は大混雑の昼休みを避けて学食に向かい、ようやく食事を終えたところだった。ちなみに本日のランチは、鶏唐揚げ定食。大ぶりの唐揚げ六個に付け合わせの生野菜、味噌汁、ご飯、ひじきの煮物まで付いて四百二十円、とコストパフォーマンスは最高。大満足の昼食となったが、そのあとがよろしくない。暇潰《ひまつぶ》しがてらスマホをいじっていた大地は、求人情報サイトのバナー広告を見つけ、ついついクリックしてしまったのだ。

テレビや新聞は毎日のように人手不足について取り上げている。友だちも次々と働き先を決めているし、バイトなんて選び放題、いくらでもあるだろう。そんな軽い気持ちでサイトを見始めた大地は、すぐに世の中そう甘くないと思い知らされることになった。

学生アルバイトはスーパー、コンビニなどの流通関係、ファストフードやファミレス、居酒屋などの飲食関係、そして塾の講師や家庭教師といった教育関係が主なものだろう。

だが、大地の場合、教育関係はあり得ない。後輩の面倒を見るのは嫌いじゃないし、子どもだって大好きだ。けれど、ただ面倒を見るのと『勉強を教える』のは雲泥の差。友人や先輩のおかげで追試や補習からは逃れられたものの、六連敗の挙げ句、なんとか大学に潜り込んだような男に、お金を払って我が子を任せるなんて考えられない。お金をどぶに捨てるつもりか！　と膝詰め談判すべき事態である。

なにより、教育関係のアルバイトは準備が大変だと聞いた。ただでさえ勉強は嫌いなのだ。どぶにでも捨てないとお金の置き場に困る、なんて奇特な大金持ちが現れて、うちの子をお願いいたします、と頼まれたとしても、そのために家で黙々と問題を解くなんてまっぴらごめん。バイトはバイト先のみで完結できる内容が望ましかった。

――塾、家庭教師はパス。となるとコンビニやスーパーか飲食関係か。料理は包丁部でそれなりに身につけたし、けっこう楽しかった。店で品出しをしたり、レジを打つよりは飲食関係のほうがいいな。とはいっても、うちの親はあれでけっこううるさい。未成年なのに居酒屋に勤めるのか、とかなんとか文句を言われそうだ。ここはやっぱり、ファミレスかファストフードが無難だろう……

そう考えた大地は、求人情報サイトの飲食関係ページを片っ端から閲覧し始めた。その結果、アルバイトにおいて、仕事の大変さと給料は完全に比例すると悟ったのである。

これまでにも何度か見たことがあるが、求人広告というのはあまり代わり映えがしない。新聞や求人情報サイトなどに並んでいるのは、見慣れた名前。つまり、同じ企業や店が年がら年中従業員を募集しているのだ。

応募者がまったくいないとは思えない。おそらく、ひとり採用したらひとり辞めるといった感じで、入れ替わりが激しいのだろう。すなわち職場環境や条件がよくない。大地にはそうとしか思えなかった。

金は欲しいが、バイトで過労死はしたくない。求人情報サイトを見るたびにそんな思いが頭に浮かび、決められないままどんどん時間が過ぎてしまった。いや、実際は一度か二度、条件のいいバイトを見つけて応募してみたのだが、そういうバイトは当然高倍率、あっけなく不採用通知を受け取ることになった。

——ブラックはパス。条件のいいところは向こうがパス。俺のスペックを考えたらそんなもんだろうけど、やっぱりへこむよなあ……

そんなことを考えながら画面を閉じようとしたところに、チャラリーンとメッセージの着信音が響いた。すぐに確かめてみると、差出人は颯太だった。

『ご無沙汰～！　大学生活は順調？……とか、一応先輩らしく言ってみたりして。まあ、それはどうでもいいけど、来週の土日って暇？　実は俺の大学、来週学祭なんだけど、見に来ない？』

——相変わらずだなあ、颯太先輩。

相手によっては、この『学祭なんだけど、見に来ない？』に至るまでに、二度三度とやりとりしなければならない。その点、颯太のメッセージはご機嫌伺いから用件まで一通に詰め込んであり、手っ取り早いことこの上なし。その上、中身もいかにも颯太らしい。

『どうでもいいけど』と書かれてしまうと少々むっとしないでもない。けれど、彼が引退してからすでに二年が過ぎている。にもかかわらず、こんなふうに二ヶ月に一度ぐらいは連絡をくれるのだから、颯太はとてもいい先輩だ。

友人たちは、先輩と連絡なんてろくに取っていない。取っていたとしても、あっちからなんてあり得ない、こちらからの連絡にしばらく経《た》ってから返信してくる、ひどい場合は返事すらこないらしい。その点大地は、颯太からは二ヶ月に一度、翔平にしても半年に一度は連絡をもらっているのだから、ラッキーとしか言いようがなかった。

――大学祭か……。確か、翔平先輩と颯太先輩の大学は、けっこう近いところにあったよな。翔平先輩も行くのかな……

もしかしたら翔平にも会えるかもしれない、と考えた大地は、颯太に確認してみた。その結果、すでに翔平にも連絡済み、翔平は土曜日に来ることになっている、とのことだった。

『翔平は昼前に来るってさ。大地もそうしたら？』

『了解。翔平先輩に連絡して、時間を合わせられるか訊いてみます』

『よろしく。あ、でもあいつ今、バイトに入ってる時間だからレスは夜になるかも。俺ももうすぐバイトだし』

　メッセージを見た大地は、驚いて時計を確かめた。何度見ても午後一時五十五分に間違いない。普通なら大学で講義を受けている時間だ。それなのに翔平はバイト中、颯太ももうすぐバイトだという。今の大地のように空き時間があったとしても、せいぜい一、二時間のことだと思っていたのだ。

『講義はないんですか？』

『俺、一年のときに思いっきり詰め込んで単位を取ったんだ。今年は時間割にちょっとだけ余裕があるから、空き時間にバイトを入れてる。来年になると専門の講義が増えて時間がなくなるから、今のうちに稼がないと。翔平は時間割の関係で空き時間ができちゃっただけみたいだけど。というわけで、またな』

　依然として内容てんこ盛りのメッセージに感嘆したあと、大地は『了解』を表すスタンプだけを送る。今からバイトに行くという颯太を、これ以上手間取らせるわけにはいかなかった。

　颯太がバイトに励む理由は明白だ。高校時代、交通費を節約するために電車で二駅の距離を自転車通学していたぐらいなのだ。母親の経済的負担を少しでも減らそうと躍起になっているのだろう。

　翔平にはそこまでの事情はないが、彼は大学を卒業してから料理関係の専門学校に進むつもりらしい。『専門学校の学費は、就職後少しずつでいいから返すように』と父親に釘《くぎ》を刺されたそうだから、今のうちに貯めておこうとでも考えているのだろう。翔平は根っからの料理馬鹿だが、高級食材なんて念頭にない。他にお金がかかる趣味を持っているわけではない彼が、バイトに励む理由はそれ以外に考えられなかった。

——颯太先輩も、翔平先輩も頑張ってバイトしてる。しかもふたりとも遊ぶためのお金じゃない。条件がいいとか悪いとか言ってないで、俺もせめて自分の小遣いぐらいは稼がないと……

そして大地はスマホのメッセージ画面をクローズし、再び求人情報サイトの検索を始めた。

＊

「大地！」

颯太の大学の最寄り駅で改札を抜けたとたん、懐かしい声が飛んできた。声がしたほうを見ると、そこには襟付き、白と紺のボーダーシャツ姿の翔平が立っている。

肩も腕も相変わらず筋骨隆々、その上この服装では、ラグビー選手にしか見えない。この筋肉は今も鍋やフライパンを振ることだけに使われているのだろうか。

そういえば、翔平はどんなアルバイトをしているのだろう。料理関係だろうか、あるいはもっとストレートに身体を使う仕事……？

そんなことを考えつつ、大地は翔平に駆け寄った。

「お久しぶりっす！　すみません、お待たせして！」

「いや、俺が早かったんだ。元気そうだな」

駅前広場の時計を見ると、時刻は午前十一時二十分。約束は十一時半だったから、確かに遅刻ではなかった。

「おかげさまで元気です。翔平先輩も元気そう……ていうか、相変わらず『脱いだらすごい系マッチョ』ですね！」

「脱がねえよ！　ま、そんなことはどうでもいい。さっさと行こう」

「ほーい」

地図検索サイトで調べたところ、駅から颯太の大学までは徒歩十分の距離とのことだった。並んで歩きながら、大地はさっそく翔平のアルバイトについて訊ねてみた。

「ところで翔平先輩、バイトしてるそうですけど、どんな？」

「颯太から聞いてないのか？」

「忙しそうだったんで……」

そこで大地は、内容てんこ盛りの颯太のメッセージについて話し、そのやりとりが颯太がバイトに出かける直前に交わされたことを翔平に伝えた。

「なるほど。まあ、あいつも目一杯バイト入れてるからな」

翔平はそう言うと、すぐに自分のバイト先について教えてくれた。

彼が働いているのは『ケレス』という喫茶店だった。喫茶店といってもテーブルが四つにカウンターに六席、とかいう小さなものではなく、複数フロア、全部で百席ぐらいある店だ。しかも、創業は昭和初期とかなり古く、ガイドブックに載っている有名店だった。

「『ケレス』！」

「知ってるのか？」

「もちろんです。超有名店じゃないですか」

「そうか。まあ、そうだな……」

「で、そこで翔平先輩はなにやってるんですか？　まさかウエイター？」

「なんでそこに『まさか』が入るんだ！　ってまあ、俺も同感だけどな」

翔平はそこでからからと笑い、実は皿洗い専門だ、と明かした。だが大地は、それについては怪しいものだと思う。なぜなら、ここしばらく各種求人情報を見続けていたが、募集要項に『皿洗い』と書かれていたことはなかった。しかもそれ専門なんてあり得ない。いくら大きな喫茶店といえども、欲しいのはもっぱらウエイター、入れ替わりが激しいのもそちらだろう。

それなのに翔平は皿洗い専門だと言う。もしかしたら最初はウエイターをやらせてみたものの、あまりにも無愛想で使い物にならなかったのかもしれない。

——翔平先輩は悪い人じゃない。むしろ、面倒見がよくて優しい先輩だ。でも、それって一目ではわからない。喫茶店に入っていきなりあの強面《こわもて》が出てきたら、思わず肩に力が入ってしまう。

食事や休憩が目的で入るはずの喫茶店でそんな目に遭いたくないもんなあ……

『ケレス』における自分の職務内容について、翔平が淡々と語るのを聞きながら、大地は極めて失礼なことを考えていた。


「えーっと……フランス語研究会……あ、こっちだな」

学内案内所でゲットしたパンフレットを一瞥《ひとにら》みし、翔平はさっさと歩き出す。相変わらず、何をするにも迷いがないなあ……と感心しつつ、大地は翔平の後ろにくっついて、颯太がいるテントを目指す。

颯太は高校時代から英語が得意だった。語学を生かしてホテルマンを目指したい、ということで語学を専門に学べる学部を目指していたが、あえなく惨敗。今は『国際観光学』を学びつつ、英語以外の言語も学び始めていて、フランス語研究会はその一環らしい。

そんなに一度に始めて大丈夫なのか、と心配になるが、本人は至って楽しそうに学んでいるのだから、それでいいのかもしれない。

大勢の人が行き来するキャンパスを歩くこと数分、翔平と大地はフランス語研究会のテントに到着した。だが、肝心の颯太の姿が見えない。昼前に行くと連絡しておいたのに……と思っていると、ずらりとテントが並んだ通りの向こうから、颯太が急ぎ足で歩いてきた。

「もう来てたんだね！　ごめんごめん」

「ちーっす！　お久しぶりです」

「元気そうでなにより……って、挨拶はさておき、もうなんか食った？」

「いえ、駅から真っ直ぐ来ました」

「あ、そ。じゃあ、腹減ってるよね？」

そう言いながら、颯太はテントの前にできている列に目を向けた。昼時とあって、長蛇とは言わないまでも十人ぐらいは並んでいる。

学祭、特に飲食関係に行列は付き物だ。知り合いがいるからといって、横入りするのはみっともない。ここはひとつ、おとなしく並ぶか……と思っていると、颯太がテントの奥に入っていった。何事かと見ていると、そこにあった発泡スチロールの箱から包みをひとつ取り出す。

「とりあえず、これ食ってみて」

颯太が差し出したのは白い使い捨て容器で、中は見えない。だが、おそらく中身は焼きそばだろう。なぜなら、フランス語研究会が出しているのは焼きそばとフランクフルトの模擬店で、容器は一人前の焼きそばを入れるのにぴったりな大きさだったからだ。

「え、でも……並んでる人がいるのに……」

「ご心配なく。これは売り物じゃなくて試作品。しかも、けっこう失敗作っぽい」

颯太の言葉に、大地と翔平は顔を見合わせた。

包丁部時代から、颯太はそんなに料理に熱心ではなかった。毎日遅くまで仕事をしている母親の代わりに、自分が料理を引き受けようと考えて包丁部に入部したそうだ。そのため、もっぱら野菜炒めとか、鶏の唐揚げ、豚肉の生姜焼き《しょうがや》といった、基本的な家庭料理の習得を目指し、アレンジ料理や新しいメニューの開発に挑むことはなかったのだ。

その颯太が『試作』というのだから、いったい何があったのだ？　と思うのも無理はない。

翔平は微妙な顔、きっと大地自身も同様だろう。それを見た颯太が、あからさまにへこんだ顔になった。

「あーもう……ふたりしてそんな顔しないでよ。これでも俺、うちのサークルでは一、二を争う料理上手って評判なんだから」

「おまえがか⁉　いくらなんでもレベルが低すぎだろう！　もしかしてものすごく人数が少ないのか？」

「いや、全部で五十人ぐらいいるんじゃない？」

さすがは六学部を抱える総合大学。学生数が半端じゃない。言ってはなんだが、英語ならまだしもフランス語のサークルにそれだけの人数が集まるのは、そもそも学生数が多いからとしか思えなかった。きっと、颯太が大好きな女の子もたくさんいるはず……

そう思った大地は、改めてテントの中を見回した。ところが、そこにいたのは……

「男ばっかりじゃないっすか！」

「そ、まるで末那高」

颯太が絶望的な眼差《まなざ》しになった。

これだけ男ばっかりだったら、颯太が料理上手に数えられても仕方がない。ほかのメンバーの中には、まともに包丁を握ったこともない人間がいるだろうし、家でたまに手伝う程度では三年近く翔平に鍛えられた颯太に敵《かな》うわけがなかった。

それにしても、女子率が高いと言われる文系大学で、ここまで男ばっかりというのは珍しい。何か理由があるのだろうか、と思っていると、テントの中がにわかに騒がしくなった。

緩くカールした金髪に青い瞳、確実に一六五センチ以上はあると思われる身長、出るべきところは出て、そうじゃないところはどこまでもそうじゃなく……

そんなファッション雑誌から抜け出してきたような美女が、にっこり微笑んで挨拶をした。

「Bonjour ça va?（こんにちは。ご機嫌いかが？）」

「Moi ça va.（元気です）」

むくつけき男たちが、一斉に挨拶を返す。どの顔もやたら嬉しそうだ。

――なるほど……これが、『男だらけのフランス語研究会　ぽろりは絶対ごめん！』が出来上がった理由か……

あまりにもわかりやすすぎて、大地は目眩《めまい》がしそうだった。翔平がストレートな質問をぶつける。

「あれ、誰？」

「先生。とはいってもまだ講師みたいだけど」

「先生にしては無駄に派手だな」

「馬鹿、でかい声でそういうこと言うな。袋だたきにされるぞ」

幸い元包丁部以外の男たちは、注意と関心のすべてをその女性講師に向けていたらしく、翔平と颯太の会話を気に留めた者はいなかった。ただ、疑問だったのは、女の子大好きなはずの颯太が蚊帳《かや》の外にいることである。

焼きそばやフランクフルトの調理と並んでいる客に対応している学生以外は、ほとんど女性講師に群がっている。颯太は鉄板に向かっているわけでも、接客しているわけでもないのに、その群れに加わっていない。翔平と自分を気にしてのことだろうか、と申し訳なく思った大地は、さりげなく水を向けてみた。

「颯太先輩は行かなくていいんですか？　なんなら俺たち、勝手に見て回りますよ？」

「いいんだよ。俺、別にあの人目当てじゃないし」

「……おまえにしては珍しい」

翔平が漏らした言葉に、颯太は思いっきり傷ついた顔になった。

「まあ、そう思われるのも無理はないけどさ。でも、俺はこれでも純粋にフランス語をやりたくてこのサークルに入ったんだ。それなのに、こいつらときたら……」

毎日せっせと集まってくる。だが彼らの目的はフランス語の勉強ではなく、指導を引き受けてくれた女性講師に会うことでしかない。

彼女が来るまではずっと雑談、今日は来ないと判断したらすぐに帰っていく。来たら来たでこんな風に取り巻いて挨拶程度のフランス語会話が繰り返されるだけなのだ。

フランス語を学び始めたばかりのころはそれでも役に立った。だが、一年以上経っても状況に変化はなく、少しでもフランス語のスキルを上げたい颯太は辟易《へきえき》しているそうだ。

珍しく仏頂面で語る颯太に、元祖仏頂面大王が呆れたように言う。

「だったら、辞めちまえばいいじゃないか。別に末那高みたいに、生徒は必ずどこかの部に所属しなければならない、なんて決まりはないんだろう?」

「ごもっとも、って言いたいとこなんだけど、何人かは真面目にやってる奴がいてね。俺はそいつらと一緒に、少しでも上達しようと頑張ってるわけ」

英語に比べてフランス語やドイツ語は、学ぶ場も少ないし費用もかかって大変だ、と颯太は嘆いた。

「まともに活動している人って、どれぐらいいるんですか?」

「えーっと……五……いや、四人ぐらいかな」

颯太はテント内を見回し、ひとりふたりと人数を数えた。彼にカウントされた学生はすべて、焼きそばを作っていたり、客からお金をもらっていたり、という『男の群れ』から離れた場所にいた。もしかしたら、この状況を予期して、あらかじめそういう役割分担になっていたのかもしれない。

「それじゃあ、包丁部と変わりませんね」

「包丁部のほうがましだ」

五十人からメンバーがいて、まともに活動するのが四人だけであとは烏合《うごう》の衆。四、五人しかいなくても、全員がそれなりに頑張って料理に取り組んでいた包丁部のほうがずっといい、と翔平は言った。

「まったくね。でもまあ、細々と活動するのは慣れてるし、とりあえず費用をかけずにフランス語を勉強できるなら文句はないよ」

「潔いな、おまえ」

「まあね〜」

「月島、試作はどう？」

そこで声をかけてきたのは、焼きそばを作っていた学生だった。颯太が慌てたように言う。

「ごめん、話し込んでる場合じゃなかった。ということで、これちょっと食ってみてくれない？」

立ち食いで悪いけど、と謝りながら、颯太は割り箸《ばし》とともに焼きそばを翔平に渡した。

「あんまり旨くないんだよね。どこが悪いと思う？」

「なんだ、それが目的か！」

苦笑いしながら翔平はパックを開けた。パックの中身はもちろん焼きそば。だが、それはほとんど色のない、塩焼きそばだった。ちなみに、今、売られているのは普通のソース焼きそばである。

有名なソースメーカーの幟《のぼり》が立てられているから、レシピもメーカー推奨のものかもしれない。だが、そのメーカーのソースはあちこちの大学祭、いや大学のみならず、高校の文化祭や、縁日でも使われている。要するに『ありきたり』の焼きそばなのだ。

売上げを上げるには差別化しかない。なんとか他の味も……ということで、メンバーの中で唯一まともに料理ができそうな颯太におはちが回った。俺かよ！　と思いつつ作ってはみたものの、味がいまいちぴんとこない。そういえば、今日は元包丁部のメンバーがやってくる。それなら彼らになんとかしてもらおう、というのが颯太の目論見《もくろみ》だったに違いない。

もちろん、元包丁部のメンバーといっても狙いは稀代《きたい》の料理馬鹿、栄えある弁当男子コンテスト優勝者である翔平、大地なんてお呼びじゃないに決まっているけれど……

「塩焼きそばか……ああこれ、市販の塩ダレ使ってるな？」

独特の甘みがある、と翔平はさも気に入らなそうな顔で言う。大地も食べてみたが、確かにほのかな甘みが感じられた。

近頃はソースばかりではなく、塩焼きそば用のタレも売られている。焼きそばのためというわけではなく、野菜炒《いた》めや、肉を焼くときにも使え、かなり人気が出てきている。だが、翔平に言わせると、この、ほんのりと漂う甘みが『男らしくない』そうだ。

翔平が部長を務めていた時代、包丁部は正しく『野獣飯』を追求していた。万年腹減り男子の胃袋を満たすべく、さっと作ってどかどか食う、がモットーだったのだ。だから翔平も、便利な合わせ調味料やタレは数種類使い分けていたが、塩ダレは使っていなかった。その理由は、この甘さにある、と言われ、大地は大いに納得した。

「確かにタレ自体が甘いね。塩焼きそばなんだから塩ダレを使うのは手っ取り早いと思ったんだけど……」

実は学祭準備期間のうちに、何度か試作してみた。材料を変えたり、麺の太さを変えたりしてみたが、これぞという味にならない。その理由がタレの甘さにあるのなら処置なしだ、と颯太は肩を落とした。

「かといって、塩胡椒だけじゃものすごく素っ気ない味になっちゃうし、やっぱり塩焼きそばは諦めたほうがいいかな……」

ソース焼きそばを売っているところはたくさんあるが、塩焼きそばはない。大学祭は土日でおこなわれるが、どちらかという書き入れ時は日曜日だ。颯太は、なんとか他に差をつけたい、と考えたそうだ。

「ま、仕方ない。諦めてソース焼きそばで勝負するよ。これだって他のところよりはうんと旨いはずだし」

そして颯太は、焼きそばの調理に戻ろうとした。だが、翔平は塩焼きそばのパックを手に考え込んでいる。さらに一口、二口とじっくり味わったあと、鉄板の上のソース焼きそばを見た。

「これ、途中まではソースと同じ作り方してるんだろ？」

「え？　あ、うん……違うのは味付けだけ。ソースを入れるか、塩ダレを入れるか」

「炒《いた》める手間は大したことないな。だったら、もうちょっと味付けに凝ったらどうだ？」

「なるほど調味料の種類は多いほどいいってやつだな。で、具体的には？」

「そうだなあ……。あ、この近くにスーパーはあるか？」

「裏門のほうに一軒」

よし、と頷くやいなや、翔平はテントから出て行った。たぶん、実際に売り場を見て使えそうな調味料を探すつもりだろう。残された大地は手持ちぶさたもいいところだった。

「えーっと……俺はいったいどうしたら……」

そこで颯太がにやりと笑い、大地は嫌な予感に襲われる。

「翔平が戻ってくるまで暇だろ？　ちょっと手伝ってよ」

他の連中は使い物にならないし、と理由としては全然納得できないことを持ち出されるも、大地は言われるままにゴミを片付けたり、行列を整えたりする。次々と颯太が出してくる指令をこなしながら、大地はつい微笑んでしまう。

――あー懐かしいな、この感じ。高校時代はずっとこんなだったなあ……

あの楽しい日々はもう戻らない。それなら、たとえ一時でも……。大地はそんな気持ちでいっぱいだった。


翔平が戻ってきたのは、それから二十分ほどしてからのことだった。

「遅くなってすまなかった。お、大地、働いてるな！」

行列整理にとどまらず、とうとう鉄板の前にまで引きずり込まれた大地は、せっせとフランクフルトを焼いているところだった。隣では颯太が野菜を炒めている。

正直、他大学、しかも衛生検査も済ませていない学生が、こんなことをして許されるのだろうか、と気にはなった。とはいえ、フランクフルトをトングでひっくり返すぐらいなら大丈夫だろう、と判断し、現状に至る。それに引き替え、翔平の迷いのなさは見事だった。なんのためらいもなく鉄板の前に来たかと思ったら、せっせと野菜を炒めている颯太の横に入り込み、買ってきた調味料をどんどん振りかけ始めたのだ。

「うわあ、翔平。おまえって相変わらず傍若無人だな！」

「誰が傍若無人だ！　学祭に来た客にこんなことをやらせる奴のほうがよっぽどだろう！」

「いいじゃん。翔平って、イマイチの料理を復活させるの大得意でしょ？」

「だからって、おまえ……」

「ま、諦めて。俺って前からそういうキャラだし！」

「開き直りかよ！」

楽しそうに会話しつつ、颯太は野菜を炒め、翔平は脇から調味料を振りかけている……と思ったら、翔平がしびれを切らしたように叫ぶ。

「なっとらん！　そんなにちんたらやってたら、野菜がべちゃべちゃになる！」

代われ、と言うやいなや、颯太からフライ返しと菜箸を取り上げ、翔平はたくましく野菜を混ぜ始めた。

「湯はあるか？」

「ポットにあるはず」

「大地、紙コップに八分目ぐらい湯を入れて、このスープを溶いてくれ」

いきなり指示が飛んできた。即座にフランクフルト係を放棄して、大地は紙コップを探す。

翔平が渡してきたのは、スーパーでよく売られている赤い袋に入った粉末。包丁部時代も散々お世話になった粉末の鶏ガラスープである。ちなみに先ほど翔平が直接振りかけていたのは中華スープの素、こちらもおなじみの一品だった。

「できました！」

「サンキュ、颯太、麺はどこだ？」

「これこれ。でもちょっとほぐしにくいから水を入れないと」

「そこで、こいつの出番だ」

包丁部で焼きそばを作るときは、あらかじめ麺を電子レンジで温める。だが、テント内に電子レンジまでは用意されていない。となると、水を加えて麺をほぐすしかない。

翔平によると水よりも紹興酒のほうが、風味が増すそうだが、今回は鶏ガラスープを登場させた。おそらく、麺をほぐすと同時に、塩焼きそばに足りない『もうひと味』を足すことができるからだろう。

「なるほどな……さすが翔平」

「さすがとか言ってるんじゃない！　おまえは名誉ある末那高包丁部出身なんだから、それぐらいのことは自分で思いつけよ！」

都合の悪い思い出は忘れ去られ、過去はどんどん美化される。だが大地は、あの部員不足で万年廃部危機にさらされていた包丁部を、翔平がそこまで美化しているなんて思ってもみなかった。

とはいえ、今はそれどころではない。大地はさっさと頭を切り換え、フランクフルト係に戻った。そこにやってきたのは、ふたり連れの学生である。

「お、珍しい。ここの焼きそば、塩味だ」

「いいねえー。俺、塩焼きそば大好き」

「俺も。じゃあ、これ食う？」

「食う、食う。でも、けっこうあれこれ食ったあとだし、半分こにするか？」

「いやいや、これ、滅茶苦茶いい匂いだし、絶対旨いよ。俺は一個全部食いたい」

「じゃあ俺も」

下を向いて焼きそばを炒めつつ、翔平がにやりと笑った。

「塩焼きそばふたつお買い上げ、ありがとうございまーす！」

颯太の元気いっぱいの声に、道行く人が足を止める。

さらにふたりが、旨い旨いと絶賛しながら焼きそばを食べてくれたものだから、じゃあ私も、俺も、と塩焼きそばの注文が殺到。中にはソースと両方、という客もいて、あっという間に在庫がはけてしまった。

学園祭を『見に』来たはずが、しっかり参加。なんだかなーの一日は、それでも大変楽しく過ぎていった。

——やっぱり、俺、この人たちが大好きだ！　別々の学校だから三人一緒にはならないけど、せめてどっちかと同じ大学にすればよかった！　そうすれば時々は、こんな時間があっただろうに……

二年前同様、翔平と颯太に使われまくりながら、大地はつくづく後悔していた。

その日の夕刻、翔平と大地は大学近くのカフェで座っていた。

本当は颯太と三人で、と思ったのだが、大学祭は今日で終わりではない。後片付けやら明日の準備やらもあり、一緒に来られなかった。大地としては、それも手伝って、全部終わってからゆっくり……と思ったのだが、さすがにもうこれ以上迷惑はかけられない、と『フランス語研究会』のメンバーが遠慮したのだ。

確かに、他大学の学生にそこまで頑張らせるのはおかしい。そもそも、翔平が『テントの主』になっていたこと自体、あり得ない話なのだ。あとは自分たちで、となるのがまっとうな感覚だろう。

大学祭が終わったら、改めて打ち上げをやる。そのときは連絡するから是非参加してくれ、とサークル長から言われたが、翔平も大地も曖昧な笑顔を返すにとどめた。

今日は勢いで一日参加したが、わざわざ打ち上げのために出直すほどの気持ちはない。そもそも颯太は、数人の同志を除いて、このメンバーをよく思っていない。大地たちが行くと言えば、颯太も参加せざるを得なくなるし、それは颯太にとって負担だろう。

ということで、打ち上げは遠慮すると伝えたあと、ふたりは駅まで戻り、一休みしようとカフェに入ったところだった。

「お疲れさん。すまなかったな、巻き込んで」

席に座るやいなや、翔平が頭を下げた。自分が塩焼きそばの味付けにこだわらなければこんなことにはならなかったのに、と反省しているようだ。だが、それは翔平だけの責任ではない。水を向けたのは颯太だし、なにより悪いのは、元包丁部三人に下駄を預けっぱなしで、あの女性にべったりだったフランス語研究会のメンバーである。

「いいんです。末那高祭みたいで楽しかったし、悪いのは翔平先輩じゃないことはわかってます。それにしても、なんなんでしょうね、あのメンバーは……」

「颯太も苦労するな。せめて学祭ぐらいちゃんとやればいいのに……」

そう言って、翔平はため息をついた。

「なんか訳知り顔ですね。颯太先輩からなにか聞いてるんですか？」

「聞いてる。颯太は真面目にフランス語やりすぎて、あの講師の取り巻き連中に白い目で見られてるらしい。まったく、ひどい話だ」

「フランス語研究会でフランス語やって、なんで白い目で見られるんですか？」

「講師にしてみりゃ、真面目に母国語を勉強してる生徒を気に入るのは当たり前。学内で会ってもあっちから話しかけてくるそうだ。で、メンバーはそれが面白くない。そんなこんなで、学祭も颯太たちに丸投げ。講師が顔を出すのはわかってるから、テント内にはいるけど働く気はないってわけだ」

「あいつら……馬鹿？」

まったくだ、と翔平は爆笑する。

「もっとも、颯太にしてみれば、ろくに野菜も切れない連中をいらいらしながら見てるよりは、自分が仕切るほうがいい。だからこそ、ああなった。力量的にはちょいと不足だがな」

「ソース焼きそばとフランクフルトなら問題ないでしょう」

「まあな。そこで一工夫して塩焼きそばも、って思うところがうちのうちたる所以《ゆえん》だ」

「『うち』ですか……」

大地は思わず、くすりと笑った。『うち』というのは、言うまでもなく『包丁部』を指す。

引退してから二年過ぎても、未《いま》だに包丁部を『うち』と呼ぶ翔平が、大地は素直に嬉しかった。

大地自身、包丁部を引退してから一年近く経ったというのに、まだ抜けきらない。放課後になるたびに、調理実習室に向かいたくなってくるのだ。自分は既に卒業済み、許可がないと末那高に立ち入ることすらできないとわかっていても……

「『うち』なんだよなあ……いつまで経っても」

翔平は、ちょうど運ばれてきたコーヒーをごくりと飲み、照れくさそうに笑った。

「ま、それはさておき……颯太はなあ……」

「サークル選びに失敗したってことですか……」

「実際、フランス語の勉強は進んでるんだから、失敗とまでは言えないだろう」

「教材も利用できてるみたいですしね」

「ちょこちょこ活動してあとはバイト。サークルに比重が傾かないほうが、あいつも助かる」

「なるほど……」

大学生にバイトはつきものだ。学費や生活費に苦労しなくても、遊ぶ金ぐらいは……と考える者も多いだろう。かといって、まったくサークル活動に参加しないというのも寂しい。あまり活発ではない語学サークルというのは、彼にはもってこいなのかもしれない。

翔平も颯太もかなり熱心にバイトをしているようだ。ふたりの生活はどんな風になっているのだろう……と、思った大地は、とりあえず翔平のバイトについて訊いてみることにした。

「そういえば翔平先輩、『ケレス』ってどうですか?」

「どうって?」

「条件とか……」

「時給はそこそこ、まあ平均ってとこじゃないかな。バイトはそれなりに人数がいるから特別ブラックってことはない」

「そりゃそうですよ。あの席数でワンオペとか言われたら悶絶《もんぜつ》です」

「だな。客層も悪くないし、めまぐるしく回転して大忙しでもない。俺は気に入ってる。たぶん、颯太も」

「えっ⁉」

思わず大きな声が出た。翔平が『ケレス』でバイトをしているとは聞いたが、まさか同じところで颯太まで働いているなんて……

「颯太先輩も一緒なんですか?」

「知らなかったのか？　先に入ったのは颯太だぞ。で、人が足りなくなったから来ないかって俺を誘ってくれた」

なんでも、『ケレス』はバイト先としてかなり人気で、競争率が高い。そんな中、颯太は、こいつなら間違いありません、と翔平を推薦してくれたそうだ。

「あいつ、俺がなかなかバイトが決まらないのを心配してくれてな。洗い場ならいけるだろ、って」

翔平は見るからに面接が苦手そうだ。とにかく客商売に必要な愛想というものに欠ける。きっといくつかは受けたのだろうけれど、決まらなかったに違いない。

颯太は末那高のときから、翔平のことを『その愛想の悪さじゃ普通の接客は無理』と言っていた。俺がホテルの支配人になって『支配人権限で』おまえを採用してやる、と豪語したぐらいなのだ。翔平が面接に落ちまくるのは想定内。きっと、『ケレス』の洗い場を虎視眈々《こしたんたん》と狙っていて、空きが出るなり推薦したのだろう。いかにも友だち思いの颯太らしい振る舞いだった。

「いいなあ……ふたり一緒なんて……俺も『ケレス』で働きたいです」

「え、おまえ、まだバイト決まってなかったのか？」

「まだ、って……。俺、入学したばっかりなんですけど！　翔平先輩が『ケレス』入ったのはいつなんですか？」

「去年の……冬だな」

「ほら！」

去年の冬なら、入学後半年近く経っている。自分はまだ入学してから一ヶ月半、バイトが決まっていないからといって、どうこう言われる筋合いではない。

だが、翔平は口の中でもごもご言う。

「そうじゃなくて……。おまえは料理の腕は大したことなかったけど、俺よりずっと愛想がいいし、人付き合いだって上手い。だからもうとっくに決まったものだと……」

「……どうも」

けなすと褒めるを同時にやらないでほしい。返す言葉に困り、大地は曖昧に頭を下げた。

「面接とか、上手くいかなかったのか？」

「いや……面接はまだ一回も受けてません。履歴書の段階でアウトばっかり。それに、せっかくなら料理ができるところがいいかな、とか考えちゃって」

「贅沢《ぜいたく》な奴だな。俺でさえ、料理なんてまかないぐらいしか……」

「まかない⁉『ケレス』ってまかないがあるんですか⁉」

「そりゃあるさ。朝の七時から夜の二時まで開けてるんだぞ。従業員だって飲まず食わずというわけにはいかないじゃないか」

普通の食事時は店が忙しいが、その前後で休憩を取ってまかない飯を食べる従業員は多いのだ、と翔平は説明してくれた。

「で、それって自分で作っていいんですか？」

「基本的にはコックの人。でも、俺はセルフ」

客に出せないような余り食材をもらって、適当に作っている。包丁部の延長みたいなものだが、翔平の手際の良さは目を引くらしく、最近は一緒に入ったバイト仲間から作ってくれと言われることも増えてきたそうだ。翔平としては、作るのが嫌ではないが、『ケレス』には正規のコックがいるし、出しゃばってはいけないと考えて断っているのだという。

一人分も二人分も大して手間は変わらないんだけどな……と、翔平はなんだか困ったような顔をした。

翔平が作る料理はどれもものすごく旨そうに見えるし、実際旨い。バイト仲間たちが俺の分も！　と頼みたくなる気持ちはわかるが、お門違いもいいところだ。それでも翔平は、自分だけが好き勝手に作って食べていることを気にしているのだろう。いかにも彼らしい話だった。

「ま、時々こっそり颯太の分ぐらいは作るけどな」

「うきょ――――！　颯太先輩、ずるい！」

大地は、地団駄を踏まんばかりになる。

「翔平先輩が一緒にバイトしてて、おまけにまかないは翔平先輩のお手製！　そんなの羨ましすぎます！　俺も『ケレス』で働きたい！　空きはないんですか空きは！　なんならひとりふたり追い出して……」

「大地、落ち着け！」

ウエイターは空きが出ることも多いが、ひとりの募集に十人ぐらいが応募してくる。何人追い出したところで、おまえが採用されるとは限らない、と翔平はつれないことを言う。

「そんなのわからないじゃないですか！　俺だってやるときはやるんです。翔平先輩のまかない飯のためなら、猫の十枚や二十枚被《かぶ》ります！」

「被りすぎだ！」

俺じゃあるまいし、一枚二枚で十分だろ、と笑いながら、翔平は、今度空きが出たらマスターに言ってみる、と約束してくれた。

「颯太にも言っておくよ。あいつのほうが店では力があるからな」

「相変わらず『人たらし』なんですね」

「そういうこと」

おかげで俺は大助かり、と珍しく嬉しそうに笑い、翔平はまたコーヒーを一口。

「このコーヒー、イマイチだな。『ケレス』のほうがずっと旨い。ホットサンドとコーヒーのセットなんて、あの値段でよくぞと思うぐらいだ」

翔平の言葉に、大地はさらに『ケレス』で働きたい気持ちを募らせた。

*

「では、来週からってことで。わからないことがあったら、誰かに訊いて」

「はい！　よろしくお願いします！」

翔平から連絡が来たのは、颯太の大学祭で助っ人を務めてから半月後のことだった。

応募者多数、というわりに、面接はあっけなく終了。聞いていた話と違う、と首を傾げたが、どうやらのんびり選んでいる状況ではなかったらしい。

家族の急病で実家に戻らざるを得なくなった従業員がいて、戻ってこられる見込みも薄い。しっかりシフトに組み込まれているし、とにかくすぐに来られそうな人、ということで大地に白羽の矢が立ったそうだ。

「多少の変更はきかないでもないが、原則、既に出来上がってるシフト表どおりに勤務してほしいって言ってる。大丈夫か？」

「なんとかします！」

翔平から連絡を受けた大地はその足で『ケレス』に駆けつけ、マスターの星野準《ほしのじゅん》の面接を受けた。

星野は中肉中背というにはいささかＢＭＩの値が大きい感じ、翔平によると年齢は五十八歳で三十七歳のときに『ケレス』を開いたそうだ。ちなみにビルの所有者は星野の父で、今も賃貸料とは名ばかりの料金で借り受けている。『ケレス』の飲食物がお値打ちなのはそのおかげでもあった。

『ケレス』を軌道に乗せるまではかなり大変だったと聞く。たくさんの従業員を雇うわけにいかず、星野はマスター兼コックという状況で店を始めた。試飲、試食を繰り返し、ひとりでメニューやレシピを固めた。専属のコックを雇い入れるようになった今も、星野は新しい店を見つけるたびに、入店して味わっているらしい。他の店がどんなものを出しているか気になってならないのだろう。

この人の腹回りは食べ歩きの結果かな……なんて余計なことを考えてしまったものの、面接自体は無事合格、翌週から『ケレス』で働くことになった。大した質問もされなかったところをみると、おそらく、先輩ふたりがあらかじめ大地の人柄について説明してくれていたのだろう。推薦があっさり通るということは、ふたりが『ケレス』に貢献している証《あかし》だ。先輩の名を汚さぬようにしっかり働かなくては、と大地は自分に言い聞かせていた。

『ケレス』は客ばかりではなく従業員にとっても、かなり居心地のいい店だった。

静かに読書や会話を楽しみたい客と、賑やかに盛り上がりたい客が、隣同士の席に着いてお互いに迷惑……という店は多い。だが、店舗がビルの地下と一階に跨《また》がる『ケレス』では、賑やかな客は一階、静かに過ごしたい客は地下に席を占める。とはいっても店側が客を振り分けているのではなく、客が使い分けているらしい。星野によると、何度も通ってくるうちに空気を察しているのだろう、とのことだった。

一階は活気があって賑やか、地下にはほどよい静寂が満ちている。読書、あるいはパソコンを開いての作業も可能だが、常識を超えて長居する客もいない。地下の奥まった席には間仕切りが設けられ、大きめのテーブルが置かれているため、仕事の打ち合わせに利用する客も多かった。

従業員は日によって担当フロアが変わるが、大地はもっぱら一階である。おそらく、マスターが一階にいることが多く、目が届きやすいからだろう。

ファミレスやチェーンのコーヒーショップ全盛のご時世に、喫茶店を個人で経営するのは至難の業《わざ》だ。『ケレス』が生き残ってきた要因には、駅が近いという立地、席数の多さ、午前七時から深夜の二時までという長い営業時間などがあるが、特筆すべきはメニューの豊富さである。

豆や茶葉、果物などを厳選したドリンク、デザート類は言うに及ばず、ホットサンドをはじめとするサンドイッチ類、パスタや焼きそばといった麺類、ピラフなどの米を使った料理も揃っている。いずれも美味かつサラダやドリンクとセットにしても七百円という価格もあって、昼時になるとそれを目当てに訪れる客が列をなしていた。

だが、客が大喜びする『ケレス』のメニューの豊富さも、大地にとっては悩みの種。採用が決まったあと、大地は星野からメニューのコピーを渡され、その分厚さに驚愕《きょうがく》した。

――俺、これ全部、覚えられるのかな……

モーニング、ランチ、ディナータイムでメニューや価格が変わる。それを全部覚え、速やかに注文を通さなければならない。星野は『少しずつ覚えればいいよ』と言ってはくれたが、少しずつにも程度がある。さすがに一ヶ月も二ヶ月も、客から何かを訊かれるたびに誰かに確認に走るわけにもいかない。まずはメニューを覚える必要がある。それは十分わかっていたが、あまりにも膨大《ぼうだい》な品数に、大地は不安を覚えずにはいられなかった。


『ケレス』で働き始めてから二週間、大地は少しずつ仕事に慣れてきた。

元々陸上部だし、今でも暇を見つけてはジョギングしているので立ち仕事に苦労はない。半日ぐらい立ちっ放しでも平気だし、筋肉痛に悩まされることもない。苦労しているのは予想どおり、身体ではなく頭のほうだった。

暇さえあればメニューのコピーを眺め、口の中で繰り返す。昨日覚えたはずなのに、今日になったら頭のどこにもない、という絶望感はあまりにも馴染《なじ》みすぎてため息すら出ない。今更ながら、もうちょっと利口に産んでくれなかった親を恨みたくなる。もっとも、親に言わせると単なる努力不足、ということらしいけれど……

「勝山さんって頭良さそうに見えるのに……」

そんなことを言ったのは、梅本夢菜《うめもとゆめな》。彼女は高校三年生で、『ケレス』の近くにある商業高校に通っている。常々、自分は勉強が好きではないので高校を卒業したら就職したい、と言っていて、高校では簿記やパソコン操作の習得に励んでいる。

夢菜は高校一年生の夏休みから『ケレス』でバイトを始めたので、颯太よりも先輩で、メニューにしてもすっかり頭に入っているし、常連たちは彼女が店にいると何かしら声をかける。それどころか、彼女の姿が見えないと、ストレートに『夢ちゃん、いないの？』なんて訊ねてくる。それ彼女はマスターの縁続きでも何でもないが、看板娘かつ新入りバイトの世話役的な役割を果たしていた。

夢菜がその台詞をちょっと意外そうに口にしたとき、クスクス笑って言い返したのは颯太だ。

「夢ちゃん、頭が良さそうに見える、と頭がいい、の間には深い溝があるんだよ」

「えー……そうなんですか？　だって勝山さん、大学生じゃないですか。試験を受けて入ったのなら頭だっていいはず……」

そこで夢菜は大地を上から下まで見た。ついでに、颯太にも目をやる。

「勝山さんって、月島さんの後輩なんですよね？　ってことは、末那高でしょ？　かなり優秀じゃないですか」

末那高は進学校、それも文武両道で有名な学校だ。末那高の卒業生なら、メニューぐらい覚えられないわけがない、と彼女は言う。やむなく大地は『年下の先輩』に精一杯の反論を試みた。

「あのねー、文武両道っていってもみんながみんな勉強も運動もできるってわけじゃないんだよ。

中にはそういう奴もいるけど、たいていは勉強か運動かどっちか。個人じゃなくて団体戦なの！」

「それでも、頭がよくなきゃ末那高になんて入れないじゃないですか。個人戦でも、いい線いけると思うんですけど」

「すみませんね！　俺、マックスが高校入試で、それ以降、学力的にはだだ下がりだったんです。ええもう、先生から先輩、友だち、ついでに後輩まで、みんなして俺の成績を心配しまくってましたから！」

「ぶほっ！」

カウンターの中で氷を砕いていた星野が吹き出した。

「友だちまではともかく、後輩にまで心配されてたのか！」

颯太も夢菜も大爆笑、たまたま居合わせた他の従業員も笑いをかみ殺していた。開店準備中の出来事で、客がいなかったのは不幸中の幸いだ。もしもカウンターに常連客が座っていたら、もっと盛大に笑われていただろう。

「ということで、俺の頭についてはあんまり期待しないでください」

「大丈夫。お手伝いしますし、私ですら一週間ぐらいで覚えましたから」

「……頑張ります」

それ以後、夢菜は仕事の合間を縫って、大地のメニュー暗記を手伝ってくれるようになった。

にもかかわらず大地は大苦戦、一テーブルに三人以上座られて、一度に注文された日には大パニック。お願いだからメモを取らせてくれ！　と天井を仰ぎたくなった。

――そもそも、今どきオーダーエントリーシステムを採用してないなんて信じられない。電子端末さえあれば、メニューの暗記なんてしなくていいのに。おまけに、客の前で注文票を書いちゃいけないってどういうことだ！　中途半端に覚えて間違えるよりずっといいじゃないか。お洒落《しゃれ》じゃないってマスターは言うけど、『喫茶店の美学』とやらの追求もほどほどにしてほしい……というのが、大地の正直な感想だった。

だが、そう思っているのは大地だけらしく、『ケレス』の従業員はみんなしてメモ＝恰好《かっこう》悪いと考えているようだ。大量の注文をさらりと覚えて、その場で復唱。カウンターに戻って注文を通すと同時に注文票に書き入れる。それを面倒くさいとも思っていないし、むしろ、鮮やかに復唱してはにんまりしているのだから、『俺、かっこいいー！』ぐらいに思っているのかもしれない。

なんとか復唱まではできても、カウンターに戻るころには既に曖昧、ピラフセットのドリンクはアイスコーヒーだったかアイスティーだったか……なんてやっている大地にしてみれば、そんな恰好の良さなんてなくてもいい。とにかく、間違いをなくせるように、その場で注文票を書かせてくれ、だった。

「勝山君、休憩とっていいよ」

カウンターから星野ののんびりした声が聞こえてきた。

大地はほっとしてカウンターの横のドアを開けた。

ドアの先には厨房《ちゅうぼう》があり、そこを突っ切った先に更衣室がある。更衣室には小さな椅子とテーブルが置かれ、従業員たちが休憩に使っていた。

「飯か。何がいい？」

厨房に入るなり、声をかけてきたのは荒川寛人《あらかわひろと》。大地たちのようにアルバイトではなく、専業で働く『ケレス』のコックだった。翔平から聞いていたとおり、従業員たちの食事は彼が用意してくれる。希望もある程度は聞いてくれるし、何より旨い。だが問題は、彼のモットーは『腹八分目』で、食べ盛りの男子には少々物足りないことだ。

加えて、従業員の食事にそんなに予算はかけられない。いい材料にこだわると使える量が限られるのは当たり前……ということで、大地は大変美味しいまかない飯を、いささか控えめな量でいただく、という生活を送っていた。

――どうしよう……今日は俺、すごく腹減ってるんだよな……

その日は土曜日で、大地は朝から働いていた。午前八時に店に入り、今は午後二時。十時すぎに一度休憩はして、食パンの切れ端に玉子フィリングを挟んだものを食べたが、そんなものはとっくに消化してしまった。身体はもちろん、注文取りに頭を使うため、消費カロリーが尋常ではないのだ。

今の大地は腹ぺこ大王。どうかすると食パン一斤ぐらい軽く食べられそうな腹具合だ。そこに量より質の上品な飯というのはいささか辛《つら》かった。

「えーっと……」

「ピザトースト、ホットサンド、ドライカレーに、ナポリタンがふたつ！」

そのとき、カウンターと厨房の間の仕切り窓から星野の声が飛んできた。

仕切り窓というよりもほか弁屋にあるようなカウンターなのだが、『ケレス』ではそこから注文を通したり、出来た料理を受け取ったりする。カウンターの奥にカウンターという不思議な構造になっているため、従業員は混乱を避けるために『窓』と呼んでいた。

大地が休憩に入った直後、立て続けに客が入ったらしい。しかも、ランチタイムが終わったというのに全員が食事を注文している。

「なんかお客さん時間がないって言ってるから、できるだけ急いで！」

聞いたとたん、荒川がすまなそうな顔になった。そこに声をかけたのが洗い物を一段落させた翔平である。

「荒川さん、俺も今のうちに飯食っちゃっていいですか？」

「お？　おう……」

「じゃあ、俺の飯は自分で作ります。大地もそうしろ」

「あ、はい！」

「てことで、こっちは適当にやりますから、オーダーのほうお願いします」

「そうか、悪いな」

材料は適当に使ってくれ、と言い放ち、荒川は厚切りの食パンを取り出す。まずピザトーストにかかるのだろう。それを横目で見ながら、翔平がにやりと笑った。

「別々にやると時間がかかる。一緒に作るか？」

一緒に、と翔平は言うが、大地に作らせる気なんてない。彼はきっと、共同作業という名目でふたり分のまかないを作ってくれるつもりなのだ。

翔平せんぱ――――い！　とすがりつきたくなった。

翔平の料理は一年以上食べていない。男の料理の王道、翔平の野獣飯。大地の好みはよく知っているはずだし、量もたっぷり。午前中の疲れは成層圏の彼方《かなた》に吹っ飛ぶことだろう。

「お願いします！」

「ん。飯と麺とパン、どれがいい？」

「飯!!!」

だろうな、と口の端だけで笑い、翔平は冷蔵庫を開けた。同時に、呟《つぶや》き声が聞こえてくる。荒川には聞こえず、大地には聞こえるという絶妙な声量だった。

「颯太の休憩もまだだったな……。じゃあ、あいつの分も作っとくか」

冷蔵庫の中を覗き込み、翔平は残りご飯が入った容器と卵をふたつ取り出した。次いで、流しの隅にあったネギの青い部分を取り上げる。白い部分を客用に使った残りで、荒川がまとめて捨てようとしていたものだった。

「焼き豚でもあればよかったんだがな」

そういや、おまえの叉焼《チャーシュー》、旨かったよな、なんて嬉しいことを言ってくれながら、翔平はハムの切れっ端を刻む。これまた、大きなハムの塊の両端部分、客には出せないものだから使ってもかまわないのだろう。

厨房にはコンロが三つ備えられている。荒川はピザトーストをオーブントースターに突っ込んだあと、茹《ゆ》で玉子とベーコンを挟んだ食パンをホットサンドメーカーにセット、今はドライカレーを作っている。ドライカレーとナポリタンは同時に作れないから、コンロは空いていた。

「コンロ、お借りしますね！」

一声かけると、翔平は荒川から一番離れたコンロにフライパンをのせた。ネギはすでに刻み終わり、ご飯は電子レンジの中でぐるぐる回っている。ちなみにご飯をレンジに入れたのは大地だ。材料を見た瞬間、これは焼きめしだ！　と思い、さっさと温め始めたのだ。翔平が一緒に作ると言った手前、なにもせずにいるわけにもいかなかった。

翔平は、火を最大にしてフライパンを温める一方で、卵を豪快に溶く。電子レンジがピーピー音を立てると同時に、フライパンに胡麻油を垂らし、卵を投入。すかさずご飯も入れて、がしがしがしっとフライ返しで炒めたあと、ネギとハムをぱらり。塩、胡椒、中華スープの素で味をつけ、最後に醤油を回しかける……。それは、包丁部時代、何度も作ってもらった焼きめしだった。鮮やか、そして懐かしい翔平の料理をほれぼれと見ているうちに、焼きめしが出来上がった。

そして大地は、ほれぼれと見ていたのは自分だけではないと気付いた。

「おまえ、上手いな……」

荒川がのどの奥から絞り出したような声で言った。彼はドライカレーという名のカレーチャーハンを作りつつ、横目で翔平の作業を見ていたのだ。自分が飯を炒めている隣で同じように、フライ返しをがしがし言わせていたのだから、そちらに目が行くのは当然だろう。

「それほどじゃ……」

焼きめしを三つの皿に手際よく盛り分けつつ、翔平は謙遜《けんそん》することしきりだった。

大地は今までだって、翔平の料理はすごいと思っていた。だが、料理のプロである荒川さえも、あんな風に驚くレベルとまでは思っていなかった。

――もしかしたら翔平先輩、卒業してからさらにスキルアップしたのかも……

そんなことを思いながら、大地は出来上がったばかりの焼きめしにスプーンを突っ込む。本当は更衣室に運んで食べるべきなのだろうが、とてもじゃないが待ちきれなかったのだ。

「うきょーっ！　翔平先輩、これ、前よりずっと旨いです!!」

「ここのコンロ、火力が強いからな……てか、おまえ、いい加減その口癖やめろ。前から言おうと思ってたんだが、いったい何なんだその『うきょーっ！』てのは！」

「最大級の驚きの声ですよ！　それぐらい旨いんです。前から旨かったけど、さらに上を行く感じ？　とにかく、褒めてるんですからいいじゃありませんか」

一息に言うと、大地は以後、その作り手を完全に無視して、焼きめしを頬張《ほおば》り続ける。次にスプーンを口に運ぶ手を止めたのは、オーダーを作り終えた荒川の興味津々の目に気付いたときだった。翔平が思いっきり大盛りにしてくれたおかげで、皿の上にはまだ半分ぐらいは焼きめしが残っている。

「えーっと……もしかして……」

「俺にも一口……」

「こっちにしてください！」

慌てて翔平が、手つかずの皿を突き出した。

大地は驚いて、翔平のエプロンを引っ張って言う。

「それって、颯太先輩の分じゃないんですか？」

「馬鹿、違う！　これは……その……作りすぎて余った分だ」

その台詞で大地ははっとする。そういえば、自分のまかない飯を作るのはいいが、人の分まで作ることは認められていない。プロの料理人以外が作った料理を食べて、何かあったら大変だ、ということだろう。

足りなかったらおかわりしようと思ってたんですが、けっこう腹いっぱいですから……と言いながら、翔平は新しいスプーンを荒川に渡した。

「すまんな、じゃあ味見だけ……」

スプーンを受け取った荒川は、早速焼きめしを口に運んだ。

「うーん……これはまた……」

どこのソムリエだ！　と言いたくなるような様子でゆっくり咀嚼《そしゃく》していたかと思ったら、直後、荒川はがつがつがつ……とまるで先ほどまでの大地のような勢いで焼きめしを食べ始めた。

大地と翔平が目を丸くしているうちに、皿は空っぽになってしまった。ところが、間の悪いことにそこに颯太がやってきた。

「あ、何この旨そうな匂い！」

「すまん、これ、おまえの分だったんだろうな……」

古参のコックにいきなり謝られ、颯太はきょとんとする。翔平と大地は、ばれてたか……と恥じ入るばかりだった。

そんなふたりにぬるい笑みを向け、荒川は颯太のためのまかない飯を作り始めた。

「すごいな、翔平。プロ顔負けかよ」

「いや、荒川さん、腹減ってただけだろう。あの人だって、朝から休憩なしだったんだから」

「ご謙遜。俺、前に聞いたけど、荒川さんってけっこう胃が弱くて、ずっと料理してると、匂いだのなんだので飯を食う気がなくなるんだって。昼飯だってせいぜいサンドイッチ、それも一切れか二切れつまむぐらいだそうだ。それがあんな勢いで焼きめしをがっついたんだから、相当旨かったんだよ」

「あ、それであんなにスレンダーなんだ」

荒川の体形は星野とは正反対で、背が高くて細い。料理に携わっている人にしては、と思っていたが、原因が胃弱にあったとは……

「腹八分目を主張するのはそのせいかもね。食べたくても食べられないのかも……。よかったな、翔平。おまえの胃は頑丈で」

「まあな」

翔平が珍しく、鼻をふふんと鳴らした。

料理人は心身ともに頑丈でなければならない、という理論が証明されたのが余程嬉しかったのだろう。気の毒だったのは、翔平の焼きめしにありつけなかった颯太であるが、こちらはこちらで、ドライカレーを食べられたのだから問題はない。

颯太と入れ替わりで大地が仕事に戻ったあと、荒川は店に出すのと同じ材料を使ったドライカレーを作ってくれたそうだ。しかも、颯太への罪悪感からかしっかり大盛り。おかげで翔平もおこぼれに与《あずか》れ、大満足の昼食となったらしい。

大地としては悔しい限りだが、ドライカレーを食べる機会はまたあるだろう。今はただ、翔平が荒川に認められたのが嬉しい。なぜなら、すっかり翔平の料理を気に入った荒川が、翔平が颯太や大地のまかない飯を作ることを認めてくれたからだ。

それまでは荒川に作ってもらうか、さもなければ自分で作るしかなかった。これまでも、翔平が颯太のためにまかない飯を作ることはあったそうだが、それはあくまでも黙認。微妙に後ろめたさを感じながらのことだったらしい。それが、晴れて今日から他人の分まで作ってもいい、となれば嬉しいに決まっている。

それからあと、翔平は大地や颯太のみならず、他の従業員たちの分までまかない飯を作ることになった。中でも頻繁だったのは夢菜である。

彼女は最初は大して興味を示さず、もっぱら荒川のまかない飯を食べていた。ところが、たまたま荒川が大忙しだったとき、翔平が引き受けた。そのときはチキンライスを作ったそうだが、一口食べた夢菜は大絶賛、今ではすっかり翔平のまかない飯のファンになってしまっている。

ひとり分もふたり分も同じでしょ？　と夢菜は言うが、翔平は日によっては四人分も五人分もまとめて作っており、かなり大変そうに見える。だが、翔平は一度にたくさん作るのも修業のうちと笑っているし、本人がそれでいいなら問題はない。

——ま、包丁部時代も五人分ぐらいはまとめて作ってたんだから、許容範囲内か……

勝手にそう結論づけ、大地はことの成り行きを素直に喜んでいた。

＊

バイトを始めて一ヶ月が過ぎるまでは大変だった。大地が首にならずにすんだのは、ただただ周りに恵まれたおかげとしか言いようがない。

大地がカウンターで注文が思い出せずに鉛筆を持ったまま目を宙に泳がせていると、たいてい後ろから誰かが囁《ささや》いてくれた。

「ホットドッグセット、マスタード多め。野菜抜き。ドリンクはオレジュー」

その声に従って、大地は注文票を書き込み、オーダーを通し、事なきを得る。いや、『事なき』という表現にはいささか語弊がある。問題は声の主だ。

颯太なら御の字、他の従業員だってかまわない。星野であればマスターとして当然の行為。それが呆れ半分、苛立《いらだ》ち半分の微妙な表情であっても、スタッフ側である限り、すみません、と頭を下げておけばいい。だが、客となったら話が違う。

「ほらお兄さん、ドリンクはホットじゃなくてアイスコーヒーだったぞ」

なんて、注文票を覗き込んでだめ出しされた日には、恥ずかしさに身の置き所がなくなってしまう。いかに大地が万年いじられ役、しかも相手は自分よりずっと長く『ケレス』に出入りしている常連客だったとしても、である。

悪いことに、そういう常連客は往々にしてカウンターに陣取っていて、大地が難儀しているのを間近に見てしまう。ここはひとつ、助けてやらないと……と思っているかどうかはわからないが、とにかく彼らは口を挟むのだ。そのたび、大地は自分の間抜けさに絶望したものだ。

それでも一ヶ月が過ぎ、そろそろ二ヶ月……となったころ、ようやく注文票を書くことに苦労しなくなってきた。

最大の功労者は、夢菜だった。客席に向かった段階で耳をそばだて注文を暗記、大地が注文票を書けなくなったときは即座に後ろで囁いてくれた。どの客になにを出していいかわからなくなったときも、さりげなく助けてくれた。

さらに、彼女は大地に常連客の注文パターンを教え込んだ。

曰《いわ》く、いつもグレーか紺系のスーツ、タブレットを片時も手放さないサラリーマン風の男性はホットドッグにはホットコーヒー、焼き肉ピラフにはアイスティーを組み合わせる。いかにも仕事ができそうで、席に着くなりファッション雑誌を広げる女性は野菜サンドしか頼まないし、飲み物は冬でもアイスコーヒー……といった具合。

それらを教えてくれたあと、夢菜は言った。

『うちは常連さんが多いから、その人たちの分だけでも覚えちゃうとずいぶん違いますよ』

ドアが開くと同時に人数を数える。『ケレス』ではよほどの混雑時以外は客が自由に席を選ぶが、入ってすぐのところに地下に続く階段があるため、どちらを選ぶかはすぐにわかる。

一階を選んだ客は、真っ直ぐにフロアに入ってくるので、彼らの着席を待って水とおしぼりを持って行く。その時点で注文が決まっていれば聞き、そうでなければいったん離れ、呼ばれるまで待機。注文を聞いたらカウンターに告げ、出来上がった飲み物や料理を客の所に運ぶ。

合間に客席に目を走らせ、水が減っていれば足しに行き、喫煙席の灰皿がいっぱいになっていれば交換する。もちろん、空いた食器はさっさと下げる。ただし、下げていいかどうかは必ず客に確認すること。追加注文その他、要望がある場合、客は顔を上げてウエイターを探すので、絶対に見逃さないこと――

夢菜のサポートは至れり尽くせりで、ここまでしてくれるのは俺に気があるせいじゃ？　と思いたくなるレベル。お礼にちょっとしたおやつを渡したり、仕事が始まる前に雑談をすることも増え、なんとなくいい雰囲気……

仕事は少しずつだが身についてきたし、人間関係も良好。大地は『ケレス』におけるバイト生活を大いに楽しんでいた。

第三話

お気に入りはホットサンド

『ケレス』に意外な客が訪れたのは、大地がようやく仕事に慣れた七月下旬、とある土曜日のことだった。

「おい、大地。あれって……」

四人組の客の注文を通し終え、ほっとしていた大地に、颯太が囁いてきた。

颯太のウエイターぶりは堂々たるもので、大地はいつも、さすがはホテルマン志望と感心させられていた。ところが、今の彼は文字どおり『唖然《あぜん》』としている。

いったいなにが彼をそんなに驚かせたのだ、と振り返った大地の目に入ってきたのは、男女のふたり連れだった。ふたりはテーブルに向かい合って座り、メニューを覗き込んでいる。カウンターからは女性の背中しか見えないが、その小ぶりな背中になんとなく見覚えがあった。次の瞬間、女性が周りを見回し、横顔が目に入ってきた。

「あっ！　ミコちゃ……」

「声がでかい」

即座に颯太に窘《たしな》められ、大地は口から出かかった台詞を呑み込んだ。

テーブル席に座っていたのは末那高教師、包丁部顧問のミコちゃん先生だった。

向かいに座っている男にも覚えがある。教わったことはないが、彼は確か豊田《とよた》……譲《ゆずる》とか穣とかそんな名前だったはずだ。大地が入学した年に異動してきた先生で、ミコちゃん先生同様日本史を受け持っていたと記憶している。ミコちゃん先生よりも三つか四つ年上で、確か同じ大学の先輩後輩だと聞いたことがあった。

「なんでここに？」

「夏休みだろ？　飯ぐらい外で食うこともあるかも……」

「そりゃそうですけど、あの組み合わせは……」

「飯食いながら打ち合わせとかじゃない？」

「打ち合わせなんて学校でやればいいじゃないですか。しかもここ、けっこう末那高から離れてますし」

「うーん……勉強会か会議？」

「今日って土曜ですよ？　それに、そんな改まった恰好じゃないでしょ」

夏休みに教師が集まって会議や研修会を開くことは多い。本来休みのはずであっても、会場その他の関係で、土曜日に開催されることもあるかもしれない。だが、ふたりはどちらもTシャツにジーンズという砕けた恰好。他校教師を交えた会議や研修会の合間に食事を取りに来たようには見えなかった。

「あれはどう見てもプライベートですよ。もしかしたらデート……」

「うーん……デートなあ……」

眉を寄せてふたりを見つめる颯太に、大地は違和感を隠せなかった。

末那高在学当時、ミコちゃん先生にはずいぶんお世話になった。初代部長を除いて、包丁部員は代々成績優秀とは縁遠く、考査、模試、通知表……と、成績が数値化されるたびに、ミコちゃん先生の血圧を上昇させた。なんとか部員たちの成績を上げようと、叱咤《しった》激励《げきれい》ならぬ叱咤叱咤し続けたのもミコちゃん先生だ。唯一の例外は特進クラス在籍『キングオブいい人』の金森ぐらいであるが、彼さえも、心配をかけなかったのは学力面のみ。経営難から高校生の息子を店番に使わざるを得なかった金森家の事情について、彼女はそれなりに心を痛めていたはずだ。

一方、包丁部員たちは部員たちでミコちゃん先生を心配していた。ミコちゃん先生は、三十代が目前だというのに結婚どころか、恋愛の『れ』の字もない。大地などは、男子高校生があまりにもはちゃめちゃなせいで、彼女は男そのものに辟易しているのではないか、と疑ったことがあった。もっとも翔平と颯太に言わせると、それは考えすぎ、原因はすべてミコちゃん先生自身にある、とのことだったけれど……

そんなミコちゃん先生が男とふたりで来店したのだ。たとえ同僚とはいえ男は男、プライベートのようにしか見えないし、もう少し喜んでもいいのではないか。少なくとも大地は『とうとうミコちゃん先生に春が……』と、テンションを上げていたのである。

「ミコちゃん先生がデートしてるのが気に入らないんですか？　もしかして颯太先輩も『ミコちゃん先生ラブ』でした？」

「そんなわけないじゃん」

「ですよね」

颯太の好みは、さっぱりさばさば系だ。それは颯太が告白もしないままに失恋したスコーンおかわり女を見ればわかる。だが、いくら『さっぱりさばさば』が好きでもミコちゃん先生はない。彼女は、『さっぱりさばさば』ではなく『ばっさりざくざく』だ。いくら未来の一流ホテルマンといえども、生徒に因縁をつけた狼藉者《ろうぜきもの》を傘で叩《たた》きのめし、這々《ほうほう》の体《てい》で逃げ出す姿に仁王立ちで高笑いをするような女性は扱いかねるだろう。

「だったらどうしてそんなに？　ミコちゃん先生が男と飯を食っててもいいじゃないですか」

「……そりゃそうだ。でもな……」

「でも？」

「いや、なんでもない」

「勝山君、上がったよ」

ちょうどそのタイミングで、大地が注文を通したミックスジュースが出来上がった。

暑い夏の盛り、グラスには細かく砕かれた氷が浮かび、外側に水滴が付いている。あまりにも旨そうなジュースに、大地の思考はあっという間に恩師と颯太の恋愛疑惑から離れた。

ミックスジュースというのは、ちょっと古くさい飲み物だと思われているらしい。そのせいか、かつては人気だったが今では出す店がどんどん減っているのだという。

だが、『ケレス』は依然としてメニューに載せていて、それを目当てに来店する客も多い。今日の客もミックスジュースの根強いファンで、注文直後から星野から目を離さず、ジュースが出来るのを今か今かと待っている。早く持ってきて、といわんばかりの視線が飛んでくるし、即座に運ぶ必要があった。

「はーい。今行きます！」

マスターと客の視線に促され、大地はグラスの縁すれすれまで入れられたミックスジュースをお盆にのせる。お盆を両手で持つと、立ち上ってきたバナナの甘い香りが鼻をくすぐる。このジュースにはバナナばかりではなく、黄桃もパイナップルもミカンもたっぷり入っている。それでいて一杯五百円という値段なのだから、人気が高いのは当然だった。

大地は持ち重りのするグラスを慎重に運び、客のもとに届ける。目の前に置かれたとたん、客はストローの袋を破り、オレンジがかった黄色のジュースに突き立てる。ずっと吸い込む音と、あー……というため息ににっこり笑ったあと、大地はカウンターに戻った。

その後、ランチタイムに突入したこともあり、従業員は大忙し。気がついたときには、ミコちゃん先生がいたテーブルには、別の客が座っていた。

ミコちゃん先生がかつての教え子に気付いたかどうかはわからない。注文を取りに行ったのも、運んだのも別の従業員だったから、もしかしたら知らずに帰ったのかもしれない。あるいは、気付いていても声をかけなかった可能性もある。教師なら、教え子が一生懸命仕事をしているのだから、邪魔をしてはいけないと考えるのが普通だろう。

それにしても、気になるのはさっきの颯太の反応だった。

――やっと来た春なんだから、もうちょっと喜んでやればいいのに。ミコちゃん先生が好きってわけでもないのに、なんで否定したんだろう……

あとで訊いてみようと思ったものの、あいにくその日、大地と颯太の休憩時間は全然重ならず、土曜日ということもあって客は途絶えなかった。話す機会がないままに時間が過ぎ、いつの間にか大地は自分の疑問を忘れてしまった。

バイトが終わって帰宅したあと、そういえば……と気になりはしたが、わざわざメールで確認するほどのことではない。

――次に颯太先輩に会うのは明後日か。そのときにでも訊いてみるかな……。ま、それまで覚えてればの話だけど……

大地はそんなことを思いつつ、ベッドに入る。そして、あっという間に眠りに落ち、起きたときにはミコちゃん先生の件はきれいさっぱり頭から消え去っていた。

大地は、忘れるべきことはさっさと、そうでないことも片っ端から忘れる、という初期化大得意の記憶回路の持ち主である。そんな大地が、ミコちゃん先生の件を思い出したのは、彼女の来店から四日後のことだった。いかに忘れ物大王の大地とはいえ、当の本人を目の前にしては、思い出さずにいられなかったからだ。

八月第一週の水曜日、Tシャツとジーンズという見慣れた姿のミコちゃん先生は、『ケレス』に入ってくるなり店内をぐるりと見回した。空席を探しているのかと思いきや、大地を見つけ、にやりと笑って手を上げる。午後六時すぎという時刻から考えて、仕事が終わったばかりなのだろう。お盆休みが近いというのに、発掘調査に出かけていないなんて珍しいこともあるもんだ、と思いながら、大地は水とおしぼりを運んだ。

「いらっしゃいませ」

「元気そうだね、勝山君。月島君もいるの？」

その一言で、前回の来店時、ふたりが店にいたと気付いていたことがわかる。

そうか、気付いてくれてたか……なんて、微妙にテンションを上げながら、大地はメニューを差し出した。

今日のミコちゃん先生はひとりきり、そしていつもの乱暴、いや元気いっぱいではなく、いかにも大人の女性らしく落ち着いた口調だった。

在校時なら『勝山――！　月島はどうした――!?』とでも言っただろうに、と少し寂しい気持ちになりつつ、大地は質問に答える。

「颯太先輩、今日は早番だったんでもう帰りました」

「そう。それは残念。この前は連れがいたし、忙しそうだったから声もかけられなかったのよ。これぐらいの時間なら大丈夫かなと思って来てみたんだけど……」

「そのためにわざわざ?」

「この近くで用事があるから、その前にちょっと寄ってみたの。しばらく会ってないし、元気にしてるのか気になって」

――ミコちゃん先生、頼むから前みたいにしゃべって!

在校生と卒業生で言葉遣いを変えるのは、教師として当然なのだろうか。もしかしたら、大人として内と外を使い分けているだけなのかもしれない。けれど、こんな話し方は、自分が知っているミコちゃん先生とかけ離れていて反応に困る。

内心ため息をついた大地をよそに、ミコちゃん先生はメニューに目を落とす。いったんカウンターに戻るかどうか考えていたとき、背後でからんころん……とドアベルが鳴った。

「え……」

ミコちゃん先生の目がまん丸になった。どうしたのだろうと振り向くと、入ってきたのは翔平だった。

『ケレス』は喫茶店にしては大きな店だが、勝手口、つまり従業員出入り口というものがない。

そのため、従業員は客と同じドアから出入りするしかなく、自ずと客の目につくことになる。

ミコちゃん先生は、大地と颯太が『ケレス』で働いていることは知っていたが、まさかそこに翔平まで加わっているとは思っていなかったのだろう。翔平は翔平で、ぎょっとした顔で足を止める。

「ミ、ミコちゃん先生……？」

「おまえら、あいかわらずバンドルか！」

いきなりミコちゃん先生の声が大きくなった。

翔平が参ったといわんばかりの顔で、ミコちゃん先生のテーブルにやってくる。さすがに恩師の来店とあっては、挨拶ぐらいしなければ、と判断したのだろう。翔平はたいてい仕事開始の二十分以上前に来るから、時間に余裕もあった。

「なんなんですか、バンドルって」

「知らないのか？　セット販売商品のことだ！　まったく……卒業してから一年半も経ってるのに未だに月島とくっついてるのか。というか、この店はいつから末那高包丁部ＯＢのたまり場になったんだ！」

「ほっといてください。俺はいずれ颯太のホテルに雇ってもらう予定なんですから、くっついてて当然です」

「そういえばそんなことを言ってたな。あれって本気だったのか」

「当たり前じゃないですか、颯太はホテルマンへの道を着々と進んでますよ。俺だって……」

「ここのバイトは料理人修業の一環か？」

「そういうことです」

「へえ……意外。あれはあの場限り、月島お得意の口から出任せかと思ってた」

「仮にも教師がどうしてそういうことを言うんですか！」

「誰が仮だ。私は歴とした教師だぞ」

「だったらもうちょっと生徒を信頼したらどうですか」

「いやいや、それには前科が多すぎる……」

——口調が戻ってる。やっぱ、ミコちゃん先生はこうじゃないと……

それまで他人行儀だった口調が、翔平を見たとたん吹っ飛んだ。どこか立場が逆転しているような会話に、大地は懐かしさを覚えた。

「まったく、変わらないんだから……。で、大地、注文は取ったのか？」

「あ……」

「おまえなあ……。客はこの人だけじゃないんだぞ。仕事しろ、仕事！」

そう言ったあと、翔平はどすどすと厨房に向かいかけ……と思ったら、急に振り返って訊ねる。

「ミコちゃん先生、腹は減ってますか？」

「え……？　まあ、それなりに」

「じゃあ、ホットサンドでも食ってってください。おすすめはコンビーフとオニオン」

「……じゃあ、それ」

「コンビーフとオニオンのホットサンドセット。飲み物はアイスミルクティーでいいですね？」

そして翔平は、ミコちゃん先生の返事も待たずに、のしのしと去って行く。

残された大地はぽかん……である。

「えーっと……注文、あれでＯＫですか？」

「あ？　ああ……」

普段はいろいろなものを飲んでいるが、食事のときはコーヒーよりも紅茶。パン系と合わせるときはもっぱらアイスティーなんだ、とミコちゃん先生は言う。そのとき、翔平が厨房に注文を通す声が聞こえた。

「五番テーブル、ホットサンドセット、コンビーフとオニオン。ドリンクはアールグレイのアイスティー、ミルクたっぷりで」

「あいつ、覚えてたんだな……」

そういえば包丁部で、アイスティーはアールグレイに限るって話をしたことがあったっけ、とミコちゃん先生は懐かしそうに言った。

「そんなことあったんですか……」

「うん。まだおまえが入ってくる前だったから、もうずいぶん前だけどな」

「よく覚えてますねえ……」

「あいつは勉強は右から左っぽいけど、料理に関することは忘れない。やっぱり料理人に向いてるんだなあ……」

「ミコちゃん先生、それ、今更すぎです」

「あ、そうか、そうだな」

がはは……と豪快に笑い、ミコちゃん先生は大地を促す。

「邪魔して悪かった。仕事に戻ってくれ」

「了解です」

軽く会釈《えしやく》して、大地はカウンターに戻った。アイスミルクティーが出来るのを待っていると星野が興味深そうに訊ねてくる。

「知り合い？」

「高校のときの先生です。部活の顧問」

「あーそれでか……」

何だろうと思っていると、星野がくくっと笑った。

「日向君、ずいぶん細かく注文つけてたよ。ホットサンドのオニオンはたっぷり、できればチーズも入れて」

「え⁉」

思わず大地は厨房とカウンターの間にある仕切り窓を覗き込む。

窓の向こうではコックの荒川がホットサンドを作っており、「こんなもんかあ？」なんて声が聞こえてくる。おそらくチーズかオニオンの量を訊ねているのだろう。

「あの人、チーズやオニオンも好きだったのか……」

「だろうね。しかも彼、払いは自分のバイト代から引いてくれってさ。いいねえ……萌《も》える……」

星野の最後の台詞は、ちょっと意味がわからない。それでも、彼は翔平の振る舞いを肯定しているらしい。大地にしても、本人の好みどおりの料理を、しかもこっそり奢《おご》る翔平はかっこいいと思う。

彼は高校時代から大人びていたが、大学に入ってからさらにその度合いを増した。

ただ、さっきのやりとりを見る限り、このままではミコちゃん先生と翔平の立場は永遠に逆転したままではないか、という気がしないでもない。とはいえ、それで困るかというと、何も困らない。まあ、あれはあれでいいのだ、と思ってしまう大地だった。

好みばっちりのホットサンドセットをぺろりと平らげ、ミコちゃん先生は席を立った。

支払いのときに、星野から翔平の言葉を伝えられ、そんなわけには……と散々繰り返したが、翔平は裏から出てこないし、レジを担当した夢菜も頑として料金を受け取らない。

とうとう根負けしたミコちゃん先生は、十枚綴《つづ》りのドリンク券購入という荒技で事態を収拾し、意気揚々と帰って行った。

「ドリンク券を買った？　ってことは、あの人、これからもうちに来るつもりなのか……」

勘弁してくれ……と、翔平は天井を仰いだ。

そう言いながらも翔平の頬は微妙に緩んでいて、大地は、やっぱり恩師に会えるのは嬉しいんだな、と頷いてしまう。となると、ますますわからないのは颯太だ。彼は前にミコちゃん先生が店に来てくれたとき、なぜあんなに面白くなさそうにしていたのだろう。

――ま、いっか。あとで訊いてみよう。

今日は颯太も『ケレス』に来る。それがわかっていた大地は、あっさり問題を先送りした。


「ミコちゃん先生、来たの？　で？」

颯太が出勤してきたとき、大地はちょうど食事休憩に入るところだった。

早速ミコちゃん先生の再訪を告げた大地に、颯太は真顔で訊いた。

「で、って？」

「ひとりだった？」

「ええ。ひとりで来て、ホットサンドセットわしわし食って帰りましたけど」

「そうか……ひとりか。ならよかった……」

颯太はあからさまにほっとしている。それがなぜか理解できず、大地は颯太の顔を窺ってしまった。

「颯太先輩、ミコちゃん先生となんかあったんですか？」

「え？　いやなんにも」

「じゃあなんでそんなに？」

「うーん……」

颯太は数秒黙り込んだあと、思い切ったように話し始めた。

「これは、俺の本当に勝手な思い込みなんだけどさ……。先生は先生で、それ以外の部分ってあんまり見たくないっていうか……」

「は？」

「いや、確かに、ミコちゃん先生は男っ気なかったし、このままじゃやばいんじゃないの？　とは思ってたんだけど、いざ男とふたりでいる姿を見せられると、それはそれで……」

「でも、先生だって人間ですよ。恋愛もするし、結婚だってするでしょう」

「それはわかってる。わかってるけど、頼むからよそでやってよ、って感じ」

「なんか意外です」

颯太は自分で『女の子、大好き』と断言するほどのチャラ男である。

先生であろうが坊主であろうが、恋愛する権利はある、恋愛上等！　とでも叫ぶほうが、よほど彼らしい。先生が恋愛なんて……と眉をひそめるのは、あまりにも颯太にそぐわなかった。

しきりに首を捻っている大地によそに、颯太はちょっと遠い目をする。

「まあ、ミコちゃん先生はまだいいよ。相手が同僚だし……」

「ミコちゃん先生は、って、他にも例があるんですか？」

「うん……実は、例のフランス語の先生がね……」

「フランス語の先生？」

「大地も学祭で見ただろ」

「ああ、あの大人気の」

「そうそう。その人なんだけど……」

そして颯太は、更衣室にふたりきりだったのをいいことに、ひそひそ話を始めた。

颯太の大学にある『フランス語研究会』は、実質その女性講師のファンクラブである。

とはいえ、これまでは仲良く、というか抜け駆けする者もなく、それなりに仲良く活動してきたらしい。ところが、四年生の中のひとりが、突如猛アタックを始めてしまった。どうやら、卒業してしまったら彼女に会えなくなる、と焦った結果らしい。

「それはまた……熱いですね」

「熱いっていうか、大迷惑」

「でも、その先生だって、そんなの相手にしないでしょ？」

「だったらよかったんだけどね」

最初は女性講師もとりあわなかった。歳《とし》だってかなり離れているし、そもそも『ファンクラブ』の一員である。そのうち熱も冷めるだろう、といった受け止め方だったそうだ。

ところが、その学生はまったく諦めず、あの手この手でアタックし続け、根負けした講師は、一度だけということで一緒に出かけた。もちろん、ふたりきりではない。何人か連れだってフランス映画を観に行ったのである。

その映画は字幕上映で、隣り合わせの席に座ったふたりは、耳から入るフランス語と照らし合わせ、この表現は……とか小声でやっていたらしい。周りの観客にしてみれば極めて迷惑な話だが、そもそもマイナーな映画で、観客はほとんどいなかったそうだ。

映画が終わって、お茶でも……と入った喫茶店でも、件《くだん》の学生は女性講師にくっついて離れず、ずっと話し続けた結果、なにやらふたりはいい雰囲気になってしまった。

颯太の想像では、かなり長時間話していたそうだから、どこかで女性講師の琴線に触れるようなことがあったのだろうとのことだった。

「で、くっついちゃったってわけですか……。ファンクラブはどうなったんですか?」

「崩壊寸前、というか崩壊したのかな。真面目にフランス語をやってた奴しか来なくなった」

女性講師の覚えがよろしく、白い目で見られていた颯太にとってはありがたい話だし、なにより活動しやすくなった。それはそれで悪いことではないが、なんだかすっきりしないのだ、と颯太は言う。

「すっきりしない……ですか……」

「うん。だって、卒業間近といえども相手は学生だぞ。にもかかわらず、学内で仲良くランチデート」

先生だって恋愛はするだろう。百歩譲って相手が学生だって仕方がない。けれど、同じ学生の目に入るところでというのはいかがなものか、と颯太は嘆いた。

「先生だからって闇雲に崇拝してるわけじゃない。でも、やっぱりちょっとこう……違った種類の尊敬ってあるじゃないか。そう考えると、先生の恋愛沙汰ってあまりにも生々しくてさ。ミコちゃん先生が誰とデートしようがかまわないけど、俺はあんまり見たくな……」

「勝手なこと言うなよ」

そこにいきなり入ってきたのは翔平だった。

「別にいいじゃないか。先生だってひとりの人間だ。恋愛ぐらいするだろう」

翔平はおそらく、颯太の直前の台詞だけを聞いて言っているのだろう。慌てて大地は、今の台詞に至った経緯を説明した。

「颯太先輩は、先生が恋愛したってかまわないけど、できれば自分たちの目に触れないところでやってほしいって言ってるだけですよ」

「はあ？　なんだそれ……」

「例のフランス語の先生が生徒とくっついちゃってさ。もう最悪」

「かまわないだろ！　学生とくっつこうが、誰とくっつこうが、人の勝手だ！」

「だから、そうじゃなくて……」

普段の強面を三割ぐらい増したような翔平の顔に驚き、颯太は説明を続けようとした。だが、その説明も待たず、彼はドアを叩きつけるように閉めて更衣室から出て行ってしまった。隅に積まれている箱から洗剤を持って行ったから、足りなくなって取りに来ただけだったのだろう。

「ど、どうしたんでしょう？」

「珍しいな……あんな翔平。なにが気に入らないやら……」

「ミコちゃん先生が来たときは、あんなにご機嫌だったのに」

「機嫌のいい翔平ってのも、けっこう珍しいな」

颯太に首を傾げられ、大地はミコちゃん先生が来店したときの翔平の様子について話した。

「翔平先輩は大歓迎。荒川さんにホットサンドのコンビーフやオニオン増やしてくれるように頼んでました」

それを聞いた颯太は、大地の予想とは違うところに反応を示した。

「え、翔平、ホットサンドに注文つけたの!?」

「ええ。チーズも足して、紅茶の銘柄も指定、おまけに奢り」

「奢り……？　それって……。なんとも……。うーん……？」

颯太は、やたらと三点リーダーと疑問符を連発している。彼の真意が読めず、大地は戸惑ってしまった。

「なんかおかしいですか？」

「うちの店のレシピって、もう固まってるものだろ？　それを変えてくれるように言ったっていうのが……」

『ケレス』のレシピを作ったのは星野で、その後雇われた荒川が手を加えた。ふたりはレシピに自信を持っているし、客が言い出したならまだしも、従業員の独断で食材の増減を申し出るなんておかしい、と颯太は言うのだ。

「聞きようによっては、荒川さんの料理にケチをつけたように取られかねないよ」

「確かに。そもそも翔平先輩自身、料理の味付けに口出されるのをすごく嫌がってましたね」

引退セレモニーで翔平が弁当男子コンテストの優勝作品を再現したとき、玉子焼きの味付けについて一悶着あった。客に合わせて味を変えることは大事だと言ったミコちゃん先生に、翔平はずいぶん不満そうにしていた。

あのとき翔平は、飲食店にはその店の味というものがある、気に入らない客はその店に行かなければいい、と言っていた。つまり、客に合わせて味を変えるのはおかしい、と考えていたはずだ。ミコちゃん先生に、店というのは客がいてこそだ、客を置き去りにしてはいけないと諭され、渋々納得したようだが、根本的に考え方が変わったようには思えない。

翔平は、料理人のプライドについても十分理解しているはずだ。その翔平がレシピを変える注文をするなんて、いったいどういう風の吹きまわしだろう……と、颯太は眉を寄せた。そして、しばらく考えていたかと思ったら、いきなり声を上げた。

「そういうことか！」

「なにが『そういうことか』なんですか？」

「そうかあ……翔平、そうだったんだ……」

「だからなにが⁉」

大地に大きな声を出され、颯太はようやく説明を始めた。

「俺たちが包丁部を引退してから二年以上経ってるよね。にもかかわらず、あんなに好みを細かく覚えてること自体、異例だと思わない？　俺だって接客のプロを目指してるけど、ミコちゃん先生の玉葱《たまねぎ》の量の好みまで覚えてない。言われて初めて、あーそうだったかな……ぐらいなもの」

「俺もです」

「だろ？　その上、支払いまで引き受けた。いかにもいいところ見せたいって感じ、ありありじゃん。でもまあ、今日はひとりでよかったよ。豊田先生と一緒にいるところなんて、あいつには見せたくない……」

「え、それじゃあまるで、翔平先輩がミコちゃん先生のこと……」

「うん。好きなんだよ、たぶんだけどね。あ、でかい声出すなよ」

あらかじめ注意を受けなんとか呑み込んだものの、頭の中に『うきょ――――！』という声が響き渡っていた。

あのふたりは顔を合わせるたびに立場逆転のやりとりを繰り返し、翔平はいつも呆れ果てていた。あのやりとりは末那高時代のデフォルトだったし、今日も見たばかりだ。今更『日向翔平、ミコちゃん先生にフォーリンラブ』と言われても信じられるわけがない。

「絶対、颯太先輩の勘違いです」

「さてね」

「じゃあいいです。俺、翔平先輩に訊いてきます！」

そう言ったとたん、颯太の目がいきなり鋭くなった。しかも、今までこんな目は見たことがないという厳しさである。

「やめとけ！」

「なんでですか！　本人に訊くのが一番じゃないですか。俺は信じてませんが、万が一本当なら、それなりに応援のしようも……」

「たぶん、本人も気付いてないんだよ。今下手《へた》につつくと、翔平の初恋はぼろぼろになっちゃう」

「は……つこいいいいい⁉　だってあの人、今年二十歳……」

「うん、知ってる。同い年だし。でも、翔平って頭の中に料理のことしかないし、それってずっとずっと昔かららしい。前に聞いたことあるんだけど、女の子を好きになったことなかったんだってさ」

「え……まさかのゲ……」

イ……と続ける前に、頭をぱしっと叩かれた。

「翔平は今まで女の子を好きになったことはなかったけど、それはたまたま。男が好きってわけじゃない……と思う。ま、たとえ翔平がそうだったとしても、なにが変わるわけじゃないし」

「……ですよね」

男が好きだろうが女が好きだろうが、関係ない。翔平は翔平だ、と颯太はやけに力強く言い切った。全面的に同意したあと、大地は改めて訊ねた。

「あの、それで……ミコちゃん先生のことは?」

「翔平さ……卒業してから、なんかすごく寂しそうだったんだよね。そりゃあ、高校時代は楽しかったし、包丁部は最高だった。でも、それって終わったことじゃない? 思い出の箱に詰め込んで、とまでは言わないけど、なんとなくでも先に進むのが普通だと思う」

「まあ、そうですよね」

「でもあいつは、いつまでも包丁部にこだわってた。こだわってたっていうとちょっといい感じに聞こえるけど、実際はしがみついてたんだと思う。おまえや、優也、不知火……それに、あんまり一緒に活動してない金森君に、木田君、蘇我君の話が頻繁に出てくる。で、それにかならずくっついてくるのがミコちゃん先生の話だったんだ」

「……でも、それって相手が颯太先生の話だったからじゃないですか？」

大学で知り合った、あるいは前から知っていても同じ大学に通う人間となら『今』の話ができる。だが、颯太と翔平は大学が違うから、どうしても話題は過去、思い出になってしまう。それはどうしようもないことなのでは、と大地は思う。

ところが、颯太はそれをきっぱり否定した。

「俺と翔平はもう五年の付き合いだよ。気心は知れてるし、趣味嗜好もわかってる。それに、別に包丁部時代の話ばかりしてるわけじゃなくて、他にも話はしてる。でも、全然違う話から始まっても、最終的には包丁部の話経由でミコちゃん先生に辿り着くんだ。まあ、たいていは『あの人ひどかったよな』とか『大丈夫なのか、あれで』なんて具合だけどさ」

「うーん……でも……」

「でもじゃない。俺は、今回のことで確信した。でもって、あいつ自身、そのことに気付いてない。自分がことあるごとにミコちゃん先生の話をしてることも、その底にある気持ちも」

いかにも翔平らしいよな、と颯太は笑う。

翔平は、ミコちゃん先生について、他の後輩同様『面倒を見るべき存在』と捉《とら》えているのかもしれない。でも実際、相手は大人だし、多少やんちゃにしてもちゃんと生活している。翔平が心配する必要なんてまったくないのだ。にもかかわらず、あんなに心配し続けるのは、翔平がミコちゃん先生を想っているからに違いない、と颯太は結論づけた。

「そうかあ……翔平の初恋……。これは応援してやらないと！」

「え……でも、颯太先輩としては、それはＯＫなんですか？」

嬉しくて堪らない、という顔の颯太に、大地は納得がいかない。

颯太は、先生が恋愛する姿なんて見たくない、ましてや目の前で教え子といちゃいちゃするなんて論外だ、と言っていたばかりだ。その点について颯太は気にする風もない。

ミコちゃん先生と翔平だって教師と教え子に違いはないのに、そこはスルーなんですか？　と詰め寄る大地に、颯太は平然と言い放った。

「とっくに卒業しちゃってるし、相手が翔平ならそんなのスルーに決まってるじゃん」

そもそも俺って根っからチャラ男で日和見《ひよりみ》君だし～と颯太は嘯《うそぶ》く。

なんという友だち思い……と、大地はうっかり感動しそうになった。だが、次の瞬間、我に返る。

――全部思い込みかもしれない。なんてったって、翔平先輩だもん。本当に本当に、心の底から、ミコちゃん先生を心配してる可能性だってある！

翔平はあくまでも翔平で、自分たちの兄貴分として君臨していてほしかったし、愛だの恋だのに悩む姿なんて見たくない。それが翔平にとって、いかにひどいことかはわかっている。あまりにも自分勝手かつ、ゲイはおまえだ！　と言われかねない。それでも大地は、翔平の色恋沙汰なんて想像したくなかった。

おそらくその気持ちは、颯太が教師という存在に抱く気持ちと同じだろう。大地にとって翔平はある意味『師』と呼べる存在なのだ。

それに引き替え、颯太は全面的に応援の構えだった。

「俺は九分九厘、間違いないと思ってる。でもって、なんとかなるものならしてやりたい。もしも豊田先生がミコちゃん先生に気があるとしても全力で阻止……ってことで、よろしく」

いや、それ、ミコちゃん先生の気持ちは？　と訊きたかったが、そこでタイムアップ。仕事を始める時刻になったため、その質問を口にすることはできなかった。

――颯太先輩の言うとおり、あれはたまたま。ミコちゃん先生と豊田先生が揃って来店なんてもうないだろう。だから『全力で阻止』が発動されるなんてこともないはず……

大地はそう思って、高まりそうになる胸騒ぎを無理やり抑え込んでいた。


「命運、尽き果てり……」

颯太が悲壮な声を上げた。大地はそれだけで、『例のふたり』の来店を知る。

夏休みに入ってからこの展開は三度目、土曜日になると決まってミコちゃん先生と豊田先生がやってきた。そのたびに颯太と大地は、慌ててシフト表を確かめる。

幸いこれまでは翔平がシフトに入っていない、あるいは、来る前か帰ったあとばかりだった。だが今日は、すでに翔平は厨房にいる。

土曜日の午後でランチタイムは終了。翔平が洗い物に忙殺される時間帯はすぎている。しかも、ふたりが座ったのは、仕切り窓からばっちり見えるテーブルだった。

すでにふたりの顔を覚えたのか、夢菜がにんまり笑って言う。

「あのふたり、土曜日になると決まって来てくださいますけど、すごくいい雰囲気ですよね」

それを聞いた颯太は、焦りまくった。第三者の目から『いい雰囲気』に思えるとしたら、翔平も同じように感じるかもしれない、と言うのだ。

それって颯太先輩が想像してるだけじゃ……と言ってみたものの、颯太は聞く耳を持たない。『全力で阻止』宣言に従って、かくなる上は目隠ししかない！　とカウンターの中に入って仕切り窓の前に立とうとするが、そのたびに星野に追い払われた。ウエイターにカウンターの中に入り込まれても、邪魔なばかりだから当然である。

客が少ないのをいいことに厨房にまで侵入、なんとか翔平の気を引いて、客席を見ないように努めるも、あまりにも不自然。逆に、なにごとだ？　と翔平に仕切り窓を覗き込ませることになってしまった。

「なんだ、ミコちゃん先生じゃないか……あれ？」

見たことあるけど誰だっけ？　と翔平は首を傾げる。だが、その表情に動揺している様子はなかった。

やっぱり颯太の思い込みだった、と安心していると、横から颯太が囁いてきた。

「だからー、本人は気付いてないんだって」

「えーでも、たとえ今まで気付いていなくても、男といるのを見てもやもやして『なにこの気持ち、まさか俺……？』とかなるのがパターンじゃないですか。あ、そうか、その展開にはちょっと時間がかかるんだった……」

「漫画の読みすぎだよ。そんなの全然翔平のキャラじゃない」

「そうですかねえ……。にしても、なんなんですか、あのふたり。もう三回、いや最初の入れたら四回目、毎週の来店ですよ。いくらドリンクチケットを買ったっていってても多すぎません？」

「多すぎる。期限なしのチケットなんだから、そんなに慌てて消化する必要ない。百歩譲って、どうしても早く使いたいなら、もっと大勢で来てみんなに奢っちゃえばいいのに！」

常にふたり、おまけに相手はいつも同じ、というのはどういうことだ、と颯太は怒りまくっている。

どういうことだって、つまりそういうことでしょう？　できてんですよ、あのふたり……とは言えなかった。唯一の救いは、歯ぎしりせんばかりになっているのが颯太だということだ。当の本人、翔平は平然……

それから夏休みが終わるまで、週に一度か二度の割合で、ミコちゃん先生は『ケレス』にやってきた。ミコちゃん先生がひとりで来店することもあったが、土曜日はたいてい豊田先生と一緒だった。颯太はやきもきし、時には心配そうに翔平の様子を窺っていたが、本人は相変わらず。やはり颯太の思い過ごしだった、と大地がほっとしかけたころ、翔平の様子が変わった。

「日向さん……これってけっこうぴりっときますね」

「お……？」

夢菜に指摘され、怪訝《けげん》な顔でナポリタンの麺を一本すすり込んだ翔平は、いきなりぶほっと咳《せ》き込んだ。

「すまん！　入れすぎた！」

その日のまかないは、ケチャップたっぷり、ウインナーと玉葱、ピーマン、マッシュルームが入った正統派ナポリタンだった。翔平にしてみれば、難しくもなんともないメニューだ。茹でてから時間が経った麺があるから使ってしまってくれ、と荒川に指示され、翔平は迷うことなくナポリタンを作り始めた。

具材を炒め、麺を入れ、味をつけ……ものの数分で完成したナポリタンはいつもどおり、とても旨そうだった。だが、それを一口頬張った瞬間、大地はうっと唸《うな》りそうになった。あまりにもスパイシーで大人向けの味付け。にもかかわらず、大地はそれが失敗によるものだとは考えなかった。狙ってこの味にしたのだと思っていたのだ。

「実は私、家がけっこう薄味なせいか、スパイシーなのは得意じゃないんです。もしかしたらナポリタンのときはパスしたほうがいいかも……って」

お子様舌なんですよーと夢菜はなんだか申し訳なさそうに言う。それに輪をかけてすまなそうに翔平が謝った。

「すまん……ぼーっとして胡椒を振りすぎた」

「胡椒だったんですか。一瞬、ケチャップとタバスコを間違えたのかと……」

「さすがにそれはない」

そう言いつつも、翔平はがっくり肩を落としている。まかないとはいえ、自分が料理を『失敗』してしまったことが信じられなかったのだろう。

「た、たまにはそういうこともありますよ。これはこれでけっこういけるし」

大地は大慌てで翔平を慰めた。夢菜も同調する。

「きっとこれぐらい刺激的なのが好きだって人もいますよ！　第一、勝山さんは平気じゃないですか」

「そうですよ。ナポリタンだと思わなければ全然ありです！」

「だが、俺が作ろうとしたのはナポリタンなんだ……。本当に悪かった。今後は気をつける」

再度謝ったあと、翔平はやけくそのように超スパイシーナポリタンを掻《か》き込んだ。

珍しすぎる出来事だったが、翔平だって人間だ。失敗することもあるだろう、ということでその場は終わった。だが、翔平の失敗は、それだけにとどまらなかった。

「颯太先輩……ミコちゃん先生、来てますよね？」

「来てる……」

「もうすぐ昼休憩です……」

「だな……」

カウンター前で料理の仕上がりを待ちながら、颯太と大地はこそこそ言葉を交わす。

あの超スパイシーナポリタンが登場した日から、都合三度、翔平のまかない飯の味がおかしかった。二度目は塩辛すぎるピラフ、三度目は味のない玉子サンド……

そして大地は今、四度目の失敗が迫っていることを察知していた。なぜなら、過去の失敗は、三度ともミコちゃん先生と豊田先生が来店しているときだったからだ。

今日もふたりは注文を済ませたあと、テーブルに書類を広げ、なにごとか熱心に話し合っている。毎度毎度元包丁部が居合わせるわけではないが、今日は三人ともが店にいる状態。カウンターの窓から見える位置に座っているから、翔平もミコちゃん先生たちの来店に気付いているだろう。

「今日はなにを間違えるんでしょう……」

「うう……もういっそ荒川さんに頼むか、自分で作るって言ってみるかな」

「そんなことをしたら翔平先輩のプライドが……」

「でもなあ……」

「あ、颯太先輩、そろそろミコちゃん先生たちのオーダー上がりますよ」

「おまえ、持ってけよ」

「えー……」

今、このフロアを担当しているのは颯太と大地だ。夢菜もいるにはいるのだが、彼女は別の客の注文を取りに行っているため、どちらかが運ばなければならない。仕事とはいえ、仲よさそうに話しているミコちゃん先生たちのところにいくのは勘弁してほしい。その気持ちは、大地も颯太も同じだった。

厨房からあらぬ声が聞こえたのは、大地と颯太がそんな仕事の押し付け合いをしていたときのことだった。

「痛っ！」

「大丈夫か、日向？」

「すみません、荒川さん。やっちまいました……」

何事かと仕切り窓を覗くと、翔平がペーパータオルで指を押さえていた。おそらく包丁を片付けようとして、指を切ったのだろう。

「大地ならまだしも、翔平が手を切るなんて……」

ちょうど戻ってきた颯太も啞然としている。

それはひどい、俺だって手なんて切りません！　と反論したかったが、明らかに嘘だ。包丁部時代から今に至るまで、少なくとも二ヶ月に一度ぐらいは手を切っている。それは主に家で、手入れの悪い包丁の弊害とはいえ、事実は事実。それに引き替え、翔平が手を切ったところなんて見たことがない。

手に怪我《けが》をするのは、包丁の手入れが悪いか、本人の注意不足かのいずれかだ。絆創膏《ばんそうこう》は雑菌の温床、そんなものを手に貼り付けて料理するなんて言語道断、というのが翔平の持論。その翔平が手に怪我をするなんてあってはならないことだった。

「とうとうあいつ……」

悔しいというよりも、呆然《ぼうぜん》として指を押さえている翔平を見て、颯太がため息をついた。

休憩時間はもう少しあとのはずだ。翔平は『ケレス』ではまかない以外作らないから、料理をしていたわけではない。包丁を洗っていて手を切ったのだろう。

翔平は普段から表情に乏しいからわかりにくいが、やはり度重なるミコちゃん先生と豊田先生の来店に動揺しているに違いない、と颯太は言う。

「最初は気にしなかった。でも、ふたりが一緒にいるのを見るとなんだかもやもやする。来店するたびに気になってまかないの味付けがおかしくなり、とうとう怪我まで……」

「自覚しちゃったんでしょうか？」

「たぶん」

「翔平先輩、えらく微妙な顔。愛想が悪いのはいつものことですけど、今日はそれ以上になんか思い詰めた感じが……」

「インナートリップ真っ最中ってやつかな」

翔平は皿洗い担当、しかも皿やグラスは軽く下洗いして食洗機に入れるだけなので、指を切ったところで大した支障はない。絆創膏を貼り付け、ゴム手袋をするだけだ。最初から厚手のゴム手袋をしておけば、手を切ることもなかっただろう。だが、夏ということもあって、翔平が使っていたのは使い捨てのビニル手袋。薄くて仕事もしやすいが、対包丁となるとあっさり討ち死にという状況だった。

嫌いなゴム手袋を嵌《は》めた翔平は、ますます仏頂面となり、ちょっと話しかけるのもためらわれる感じである。それ以上に、なにやら思案げ……

「あれはきっと、自分の気持ちに直面して、戸惑いまくってるんだよ。もしかしたら、あー俺って小学男子並み……とか思ってるかも」

颯太はひとりで頷いている。

「小学男子？　それって、ちょっかい出したくなるのは好きだから、ってやつですか？」

「それそれ」

「でも、翔平先輩、ちょっかいなんて出してましたか？　むしろミコちゃん先生が思いっきり自爆しまくってただけのような……」

「そう言われれば……」

そんな会話がエンドレスで続く中、星野がミコちゃん先生たちの飲み物をカウンターにのせた。

本日はドリンクのみの注文なので、どちらもアイスコーヒー。ちなみに、ドリンクチケットはとっくに使い終わり、そのあと彼女は二度目の購入を済ませていた。つまり、彼女はこれからも『ケレス』にやってくるのだ。

「勝山君、持ってって」

こんなときに限って名指しかよ！　と星野を恨みつつ、大地はアイスコーヒーをミコちゃん先生たちのテーブルに運んだ。

「おや……君は……？」

アイスコーヒーを出した大地を見上げて、豊田が言う。

「お久しぶりです」

「確か、勝山君だったよね？　陸上部の……」

はあ？　と仕事中の従業員にあるまじき声を上げそうになる。

大地が陸上部だったのは、入学してからわずか三ヶ月。それからあとは、ずっと包丁部で料理三昧《ざんまい》、いや、正しくは新入部員獲得のために奔走していたのだ。最終的には包丁部の部長まで務めたというのに、今更『陸上部の……』もないもんだ。

――この人、生徒のこと全然見てなかったのかな……それとも、単に忘れっぽいだけ？

どっちにしても腹立たしい。だが、今は客と従業員、正面切って喧嘩を売るわけにはいかなかった。やむなく、飲食店店員の得意技『曖昧な笑顔』でスルーしようとしたとき、ミコちゃん先生がきっぱり言い切った。

「なにをおっしゃってるんですか。勝山君は、包丁部ですよ。確かに最初だけは陸上部にいましたけど、すぐに移ったんです」

「そうだったっけ？」

「そうです。豊田先生、新入生歓迎会で豚汁を召し上がったことありません？　あれを作ってたのが包丁部、勝山君は一年の夏からメンバーでした」

もっともこの子は下っ端でしたけど、とミコちゃん先生はさも愉快そうに笑った。

「ああ！　あれね！　覚えてる覚えてる。いや、あれは旨かった！　特に赴任した翌年に食べたのは絶品だった」

「でしょう？　なんといっても、あの年の豚汁を作ったのは『弁当男子コンテスト』の優勝者ですからね！」

ミコちゃん先生がものすごく自慢そうに言う。それを聞いたとたん、豊田先生の眉間に深い皺《しわ》が浮かんだ。ただ、それはほんの一瞬で、『弁当男子コンテスト』優勝作品がいかに素晴らしかったかを語りまくっていたミコちゃん先生は気付かなかったようだ。

アイスコーヒーを出し終えた大地は、一礼してテーブルを離れようとした。ところが、そんな大地を、ミコちゃん先生が呼び止めた。

「さっき、なんか声がしたんだけど、あれって……？」

「あ……聞こえちゃいました？」

「やっぱり日向君か。『痛っ！』って言ったけど、怪我でもした？」

「みたいです」

「大丈夫なの？」

「ちょっと切ったぐらい。病院に行くほどじゃないはずです」

必要があればとっくに荒川が指示を出している。声がしたあと、マスターの指示で夢菜が厨房に入っていった。厨房には救急箱が備え付けられているから、手当てをしに行ったのだろう。その結果、業務に支障がないと判断されたからこそ、翔平は今も仏頂面で皿を洗っているのだ。

ミコちゃん先生はそれを聞き、ほっとしたように言った。

「ならよかった。手とか指は、料理人にとって大事な仕事道具。万が一のことがあったら将来計画がぼろぼろになるものね。せいぜい気をつけるように伝えて。これでも私、彼がプロになるのを楽しみにしてるんだから」

そう言って、ミコちゃん先生はにっこり笑った。ところが、豊田先生は、まるでミコちゃん先生を窘めるように言う。

「土山《つちやま》先生、料理のプロになるのってそんなに簡単じゃありませんよ。ちょっと料理が上手いぐらいじゃとてもとても……。あんまり期待しすぎないほうがいい」

「翔平先輩の料理はちょっと上手いぐらいじゃありませんよ」

むっとして言い返した大地に、ミコちゃん先生も大きく頷く。心なしか、ミコちゃん先生が豊田先生を見る目が冷たい。それに気付いたのか、豊田先生は慌てて取り繕う。

「まあ、あれですよ。過大な期待と度を過ぎた自惚《うぬぼ》れは才能を……」

「日向君は、期待なんてあってもなくても気にしません。ただ料理が好き、美味しいって食べてもらうのが好きってだけです。それに、あの子は自惚れで自分を駄目にしたりしません！　いつだって……」

「わかったわかった！」

なおも言いつのろうとするミコちゃん先生に、豊田先生は両手を上げて完敗の仕草をした。言いたいことはミコちゃん先生が全部言ってくれた。自分が出る幕じゃないと判断して、大地はカウンターに戻った。

――なんだあいつ、無茶苦茶感じ悪い。包丁部の豚汁を絶賛したくせに、翔平先輩をディスるなんて意味がわからない。ま、ミコちゃん先生が言い返してくれたからいいけど。それにしても、ミコちゃん先生、地獄耳だな。確かにけっこうな大声だったけど、翔平先輩の声と聞き分けるなんて……

とはいえ、この一件は先輩ふたりには伝えないほうがいい、と大地は思った。

ミコちゃん先生が全力で自分をかばい、さらにあの悲鳴すらも聞き取っていたと聞いたら、翔平は舞い上がり……いや、それはないにしても、混乱することは間違いない。

颯太は颯太で、やったー、両想いだ！　と騒ぎ立てる。相手は、別の男と毎週差し向かいでお茶や食事をしているというのに、その事実は一切無視して……

それにしてもミコちゃん先生は、豊田先生となにをやっているのだろう。最初は、会議の帰りかもしれないと思ったが、こんなに毎週毎週会議が続くはずがない。やはり付き合っているのだろうか。状況的に見て、その可能性は高いが、わざわざ教え子が働いている店でデートをするというのも不思議な話だ。

――やっぱりまずいよな……。このままじゃ、あのふたりが来るたびにまかない飯は悲惨なことになるし、指に怪我まで……。今日はちょっと切るだけですんだけど、次はわからない。大変なことになる前に、どうにかしたほうがいいんだけど……

その後、問題があるとわかっていながら解決策が見いだせないまま、大地がため息をつく日々が続いた。

＊

大地が、とにかくなんとかしなければ、と思ったのは翌週、八月の最終土曜日のことだった。

なぜならその日、シフト表にしっかり名前が入っているにもかかわらず、翔平が『ケレス』に現れなかったからだ。

こんなことは今までになかった。大地、颯太はもちろん他の従業員たちも、いったい何があったのだ、と大騒ぎだった。

夢菜が心配そうに言う。

「マスターに電話がかかってきてました。体調が悪いから休ませてくれって……。風邪でも引かれたんでしょうか」

「翔平先輩、風邪なんて引くかな？　あんなに鍛えまくってるのに……」

大地も眉をひそめた。他の人間ならまだしも、翔平は風邪なんて寄せ付けないだろう。

なにせ、末那高時代から今に至るまで、翔平が欠席したことなんてなかった。末那高祭に出なかったことはあるが、あれだって弁当男子コンテストに出場するためであって、病欠ではない。

優勝したせいかどうかはわからないが、最終的には部活動の一環、対外試合とみなされて公欠扱いで、翔平は三年間無遅刻無欠席、パーフェクトで皆勤賞を獲得したのだ。

病気とは縁がない。たとえ拾い食いで変なものを食べたとしても、翔平ならびくともしないだろう。そんな翔平が『具合が悪くて休み』なんてあり得ない話だ。

「大丈夫かな、翔平先輩……」

「まいったな……あいつ、本格的に病気になっちゃった……」

「俺、様子を見に行きましょうか?」

お見舞いがてら……という大地に、夢菜は目を丸くしている。

「え、勝山さん、お見舞いに行くんですか? だって日向さんってご自宅でしょ? 下宿にひとりってわけじゃないんですから……」

「いらないと思う。病気っていっても、フィジカルとは限らないし……」

フィジカルじゃなければなんだろう。メンタルとでも……? と思った瞬間、頭にミコちゃん先生と豊田先生の姿が浮かんだ。そういえば今日は土曜日、ミコちゃん先生たちが来る、というか来そうな日だった。

「もしかして、翔平先輩……」

ミコちゃん先生に会いたくなくて? という言葉を口にしようとしたとき、颯太の厳しい眼差しにぶつかった。颯太はそのまま視線を夢菜に走らせる。

これは、他人に聞かれちゃまずい話だった。なんとか話題を変えなきゃ……と思ったとき、タイミングよく新しい客が来店、夢菜はそちらに向かった。

颯太があからさまにほっとした顔になった。

「状況を見てしゃべれよ」

「すみません……。でも……翔平先輩はミコちゃん先生に会いたくないんでしょうか?」

「たぶんな……まあ、ミコちゃん先生に会いたくないっていうより、豊田先生と一緒にいるミコちゃん先生を見たくない、が正解だろうけど。だってあいつ、来月のシフトも土曜日全部パスだぜ」

その代わり、日曜日は朝から晩までびっしりだけどな、と颯太は目で壁を示す。そこにはできたばかりのシフト表が貼られており、颯太の言うとおり、翔平はすべての土曜日に休みを入れていた。

「マジですか……」

「俺、昨日翔平と電話で話したけど、元気そのものだったよ。突然具合が悪くなったのかもしれないけど、それなら俺とかおまえに一言連絡してきそうなものだろう？」

「確かに……」

「な？　それもなし、マスターにだけっていうのは……」

俺たちに突っ込まれたくないからとしか思えない、と颯太は心配の色を深めた。

「いやでも……翔平先輩がそんなことするなんて……」

いったん引き受けた仕事を自分の心情が理由で断る。翔平はそんな無責任なことをする人間じゃない。大地はそう信じたかった。だが、颯太は困ったように言う。

「そこまで思い詰めちゃったってことじゃないのかな……」

「何事にも最初ってものがあります。本当に具合が悪いのかもしれません。やっぱり俺、帰りに翔平先輩の家に行ってきます」

この際、迷惑だとか迷惑じゃないとかは関係ない。大地はただひたすら、翔平の本当の気持ちが知りたかった。家に行ってみて、本当に病気ならそのまま会わずに帰ればいいし、仮病なら仮病で、そこまで追い詰められているのならば、誰かが相談に乗るべきだ。相談相手として後輩がうってつけとは思わないけれど、想いを吐き出せば少しは楽になれるかもしれない。

「俺も一緒に行きたいところだけど、今日は八時までだし、それじゃあお邪魔するには遅すぎる」

「大丈夫です。俺、早上がりだし」

颯太は午後八時までのシフトだが、大地は五時で終わる。夕方の微妙な時間だが、ちょっと顔を見るだけなら大丈夫だろう。

「住所とか知ってる?」

「翔平先輩、毎年、紙の年賀状をくれますから住所もばっちり。スマホのアドレス帳に入れてあります」

「そういやそうだったね。いかにも翔平らしい。じゃあまあ、気をつけて」

答えなんて見えてる、とでもいいたそうな顔で、颯太は客席に向かった。時刻は午前十一時四十五分、ランチタイムが始まり、客が注文を取りに来るのを待っている。これ以上、しゃべっている暇はなかった。

――えーっと、あ、こっちか……

五時まで『ケレス』で働いたあと、大地は翔平の家の最寄り駅まで電車で移動した。目下、左手にコンビニのレジ袋、右手にスマホを持って住宅街を歩いているところである。

スマホが表示しているのは翔平の家までの道順。ナビアプリは今ひとつ正確ではないが、ないよりマシだ。とりあえず駅からどっちに向かって歩けばいいかぐらいはわかる。公共施設や商業施設じゃない場所に向かうには、それぐらいしか参考にできるものがないのだから、ナビに頼るしかなかった。

向かっている方角が間違っていないか何度も確かめ、二度ほど角を曲がり損ねたあと、大地はようやく翔平の家に辿り着いた。ナビに出ていた所要時間の倍ほどかかってしまったが、とにかく着いたのだからよしとすべきだ。

翔平の家は駐車場付きの一戸建てだった。住所が地番のみで、マンション名など入っていなかったからアパートやマンションじゃないとは予想していたが、思った以上に大きな家で、大地はちょっと身構えてしまった。

なるほどこれなら父親が『とりあえず大学に行って、そのあと専門学校に行け』なんて太っ腹な発言をするのも頷ける。おそらく、生活に困ってはいないのだろう。

――いや、家の感想なんてどうでもいい。問題はこれからだ。お見舞いに来ましたって言ったら、笑われるかな……。でも、実際に具合が悪いって連絡があったんだし……

そんなことを考えつつ、家の前に立っていると、不意に玄関の戸が開いて、翔平が顔を出した。夏の夕方、まだあたりは明るい。おそらく、二階の窓からでも大地の姿を認めたのだろう。

「なに突っ立ってるんだ。入れよ」

「あ……」

大丈夫なんですか？　と訊くまでもなかった。顔色は極めて健康そうだし、声がかすれているわけでもない。いつもどおりの筋肉マッチョだった。

言われるままに玄関で靴を脱ぎ、翔平がドアを開けてくれた部屋に入る。ソファとダイニングテーブルがあるから、いわゆるリビングダイニングというやつだろう。

「いらっしゃい。翔平のお友だち？」

対面カウンターの向こうから、五十代ぐらいの女性が声をかけてきた。顔も体形も全然似ていないが、おそらく翔平の母親だろう。特に驚いた様子もないところを見ると、いきなりやってくる客が多いのかもしれない。翔平に「後輩の勝山」と紹介され、まずは挨拶、と大地は一礼した。

「勝山大地です。翔平先輩には包丁部でずっとお世話になってました。今もバイト先でお世話になってます。突然お邪魔してすみません」

「いいのよ。翔平を心配して来てくれたのよね？」

「ええまあ……あ、これ……」

そう言いながら大地は、レジ袋を差し出した。中身はコンビニと某有名製菓店がコラボ開発したというプリンである。これなら病気でも病気じゃなくても大丈夫だろう、と判断してのことだった。

「あら、ありがとう！　ごめんなさいね、気を遣わせちゃって」

そして彼女は、非難たっぷりの目で翔平を見た。

「ほらごらん。あんたが仮病なんて使うから！　まったくなにを考えてるやら……」

「仮病……なんですか？」

「仮病じゃない！　俺は『具合が悪い』って言っただけで、体調が悪いなんて一言も言ってない」

「屁理屈をこねるんじゃありません！　普通は『具合が悪い』っていったら体調不良を指すの！」

「誰が決めたんだよ、そんなの！」

「誰だっていいでしょ！　とにかくそう決まってるの。あんたのはあきらかに仮病」

お店に迷惑をかけて、おまけに後輩にまで心配させて、と母親は翔平を責めまくっている。翔平は唇をとがらせて、不満そのものの顔。見ている大地は、笑いをこらえるのに必死だった。

翔平が学校の先生に叱られている姿は見たことがない。飛び抜けて優秀ではないが、大地のように赤点や追試の常連ではなかったし、素行にも問題はなかったから、呼び出された経験もないはずだ。唯一の例外は、三年生の夏、包丁部を引退し損ねて、連日調理実習室に入り浸っていたときのミコちゃん先生だが、あれは『叱る』というよりも『怒る』だし、もっと言えば『切れる』だった。

学校では圧倒的優位、先生の相手ですら余裕でこなしていた翔平が、こんな風に叱られ、さらにふくれているのは面白すぎる。もうちょっと見ていたい、などと思っている間に、親子バトルは終了。翔平の母親は、部屋から出て行った。

おそらく、息子はなにやら普段とは様子が違うけれど、親に相談する年頃ではない。せっかく後輩が心配して来てくれたのだから、ゆっくり話をしてもらいたい。それには自分がいては邪魔、ということで席を外してくれたのだろう。

「すまん！」

母親がいなくなるなり、翔平が深々と頭を下げた。さっきまでのふてくされた態度は、母親への虚勢だったようだ。

「いや……そんな……具合、ってか、体調が悪くないならいいんです」

「本当に悪かった。店は大丈夫だったか？」

自分が休んだせいで、洗い場が大変だったのではないか、と翔平は心配した。だが、今日はもともと翔平の他にもひとり、洗い場担当のバイトがいた。その上、夏休み最後の週末だったせいか、いつもの土曜日に比べて客が少なく、翔平がいなくても大きな混乱はなかったのだ。

今日は楽勝でした、と笑う大地に、翔平はほっとしたように言った。

「そうか。まあ……そんな感じだろうなとは思ってたが……」

その言葉で、翔平が考えなしに休んだわけではないとわかり、ほっとする思いだった。だが、それでも疑問は残る。

やはり颯太の言うとおり、翔平は、ミコちゃん先生たちを見たくなくて休んだのだろうか。訊くべきか、訊かざるべきか……それが問題だ。個人的な問題に踏み込みすぎの感もある。だが、せっかくここまで来ておきながら、疑問を解決しないままに帰るわけにもいかない。

大地は思い切って、訊ねることにした。

「颯太先輩が、翔平先輩はミコちゃん先生と豊田先生が一緒にいるのを見たくないんだろう、って言うんですけど、本当ですか？」

「おまえなあ……」

しばらくまじまじと大地の顔を見たあと、翔平は人差し指で耳の下あたりを掻いた。

「参った……。バレてるとは思わなかった。さすが颯太だ」

「じゃあやっぱり、ミコちゃん先生のこと……」

「……まさかの珍事だよな」

珍事——言い得て妙だ、と大地は大いに納得した。高校時代のやりとりを思い出してみても、そんな感情が発生する気配は微塵もなかった。少なくとも、在学中にはなかったはずの感情、それが今ごろなぜ、と思うのは無理もない。翔平じゃなくても、唖然とするだろう。

「正直、俺はあの人のこと、ついこの間までは困った人だ、としか思ってなかった」

「でしょうね……。でも、だとしたらどうして？　まさか、男と一緒にいる姿を見てもやもや〜って王道パターンですか？」

「そう言ってくれるなよ」

こっちもビンゴかよ！　と大地は天井を仰ぎたくなる。いや、実際に目は確実に天井に向かっていた。きれいに拭き上げられ、埃《ほこり》ひとつない照明器具が目に入り、翔平の母親の主婦ぶりに感心したりもする。この感情は、目の前の超面倒くさい話題から逃れたい一心だという自覚はある。

翔平の気持ちを確かめようと勇んでやってきたものの、心の奥では否定されることを期待していた。「俺に限ってそんなことがあるか！」とあの仏頂面で言い放ってほしいと願っていたのだ。

ところがどっこい、正解は颯太で、翔平は頬まで赤らめて照れまくっていた。

——ああもう……こんな翔平先輩見たくねえ……

うんざりにうんざりを重ねた心境でいる大地をよそに、翔平はつらつらと語り始める。まさに、飛んで火に入る夏の虫だった。

見舞いと称して押しかけてきたのは自分だ。今更、ビンゴなら聞きたくない、なんて言えるわけがない。やむなく大地は、翔平の話を聞くことにした。

「最初は平気だったんだ。『あ、ミコちゃん先生だ。お、男連れ……と思ったら豊田先生かよ！』みたいな感じで。むしろ、あの人もいい歳だし、穴ばっかり掘ってないでここらで片付いたほうがいいよなーなんてさ」

「ですよね……それならわかります」

在学当時から翔平、いや、包丁部のメンバーはほぼ全員、ミコちゃん先生の男っ気のなさを心配していた。唯一の例外は不知火だが、奴は入部以来、頑として勝手に作り上げたイメージ像を捨てず、ミコちゃん先生を信望しまくっている。部員たちは、勘違いにも程があると何度も言ったがまったく聞く耳を持たない。これはもう、本人の目が覚めるまでどうしようもない、ということで不知火は小麦粉教とミコちゃん先生教の両方の信者であり続けていた。

ともあれ、翔平は断然『ミコちゃん先生、なっとらん派』で、たまには見合いでもしたらどうですか、とまで言っていたのだ。

「それがどうして？」

「うーん……なんて言うか、見方が変わったというか……」

翔平は記憶を探るように、目を天井に向ける。しばらくそうしていたあと、翔平は卒業後に末那高を訪問したときに見たミコちゃん先生の姿について話し始めた。

「あれは確か考査が終わったあとの金曜日だったと思うんだが……」

何の気なしに訪れた末那高の調理実習室に、包丁部員は一人もいなかった。どうしたことかと思っていると、なぜかミコちゃん先生が通りかかったそうだ。

『どうした日向？　包丁部の連中なら、今日は蘇我が金森堂に包丁研ぎを習いに行くっていうんでみんなしてくっついて行ったぞ』

『あ、そうなんですか……それは知らなかった』

『残念だったな。お、それなんだ？　差し入れか？』

翔平の手にあったレジ袋を目ざとく見つけ、ミコちゃん先生は舌なめずりせんばかりになった。呆れ返りはしたものの、持って帰るのも面倒と思った翔平は、その差し入れをミコちゃん先生に進呈することにした。ミコちゃん先生は大喜びで、社会科教員室でお茶でも飲んでいけと誘ってくれたという。

その日は会議だの、研修だのが重なり社会科教員室は無人。お茶を勧めてくれるなんて珍しいと思ったら、そのせいだったのか……と思いながら、翔平はミコちゃん先生が広げてくれたパイプ椅子に腰を下ろしたそうだ。

「お茶はあの人が淹《い》れてくれてたし、することがなくて、ぼーっと机の上を見てたんだ。おまえ、ミコちゃん先生の机って知ってるか？」

いきなり訊ねられ、大地は社会科教員室の様子を思い出す。

「あー……すごいですよね。ごっちゃごちゃ」

書類、教科書、参考資料に問題集、さらにどこかから掘り出してきた土器の欠片《かけら》……そんなものが無秩序に積み上げられ、大きな地震が来たらとんでもないことになりそうだった。

相手が教員だとわかっていても、『もうちょっときれいにしたらどうですか？』と言いたくなる。おそらく翔平も同じだったのだろう。

「片付けろって言ったところで、あの人がやるわけがない。で、ここちょっと片付けていいですか？　って訊いてみたんだ。湯飲みを置く場所もなかったからな」

「はあ……それで？」

「そしたら、あの人、慌ててすっ飛んできて、自分でどさどさ書類をどけ始めた」

「え？　そりゃ珍しい」

「だろ？　俺もびっくりして、どうしたんですか？　って訊いたら、考査の答案があるからって言うんだ」

「考査の直後だったんですか？」

「いや、終わったのは四日前」

末那高校の行事予定は学校のホームページで確認できる。そこには考査の予定も含まれており、翔平はそれを確認した上で末那高を訪れたそうだ。

「そういえばミコちゃん先生って、採点するの遅いですよね」

考査の採点スピードは教師によってまちまちだが、ミコちゃん先生はその中でもかなり遅いほう、答案返却期間ぎりぎりになることも度々あった。

「四日……それじゃ、やっぱりギリですね」

「まったくな。で、俺もついつい訊いちゃったんだ、なんでそんなに採点が遅いんですか？　って。だって、そんなに忙しそうに見えないだろ？　他の先生みたいに、部活に張り付いてるわけじゃなし……」

　張り付いていないかどうかは微妙だ。なにせミコちゃん先生は、試食タイムには必ず料理実習室にいる。どこで見てた⁉　と叫びたくなるほど、料理が出来上がるとともに現れるのが常だった。ただ、それ以外、担任に丸投げされて部員に説教する目的でもない限り、彼女が調理実習室にいることはまれだった。

「採点する時間ぐらいありそうですよね」

「だろ？　そしたら、あの人、なんか困ったような顔になって言ったんだ。『実は今回、けっこう零点が出ちゃったんだ』って……」

「零点⁉　ミコちゃん先生の日本史で？　それは珍しい……」

　ミコちゃん先生の出題スタイルは四分の三ぐらいが記号、あとは記述だった。記述はそれなりに捻った問題が多かったが、記号部分は基本を問うものが大半でそれをすべて不正解にするのは、満点を取るのと同じぐらい難しそうだった。

「あり得ないよな。おまえですら、日本史の赤点はないだろ？」

「おまえですら、って……でもそのとおりです。日本史は赤点も追試もありません。でも、それと採点が遅いのって関係あるんですか？」

「あるんだとさ。ミコちゃん先生、とにかく零点は取らせたくないって、何度もそいつらの答案を読み直しまくってたらしい」

「そんなことやってたんだ……」

それなら零点が出ないのも頷ける。出ないのではなく、出さない努力をしていたのだ。

「零点は生徒のやる気を根こそぎ奪いかねない、ってやけにしみじみ言われてさ……」

「あー……なんとなくわかります」

赤点、追試は仕方ない。そもそも学校におけるテストというものは、自分の欠点を見直し、学力を向上させる目的でおこなわれるのだ。生徒はぎりぎりでもパスしたいと思うが、親や教師になると、それぐらいならいっそ追試になったほうがいいと考える者までいる。正直、基準点を下回って追試や補習を受けるのは面倒だし、教師だって手間に違いないが、受けたら受けただけの効果はあるはずだ。

だが、零点となると話が違う。ダメージが大きすぎて、それどころではなくなる。その教科が嫌いになる、あるいはとことん向いてないと切り捨てたくなってしまう。その教科に取り組む気すら失《う》せてしまうのだ。ミコちゃん先生はそれを恐れていたのだろう。

「一見、点のやりようがない解答でも、もしかしたら……って、何度も読み返すんだとさ。もういっそ、名前が書いてあるだけで五点、とかやりたくなるって」

「加点要素の発掘調査……」

「ぶほっ！」

聞いたとたん、翔平が吹き出した。彼は、おまえにしては秀逸だ、なんて、ひどく失礼なことを言ってしばらく笑い続けた。

「すまん。なんかツボにはまった」

「いいんです。でもまあ、なんとなくわかりました。要するに翔平先輩は、ミコちゃん先生の先生としての真面目さにきゅんと来ちゃったんですね？」

「きゅん……はないが、先生としての真面目さに打たれたっていうのは当たらずとも遠からずかな。実は俺、あの人は発掘調査がメインで、遠征費用欲しさに先生やってると思ってたんだ。片手間でさ……」

無理もない。大地だって半分ぐらいはそんな気がしていた。日頃の行動を見る限り、そうとしか思えなかった。けれど、生徒の心情に寄り添い、なんとかやる気をそぐまいと解答用紙を睨んでいる姿を想像したら、それまでのミコちゃん先生の印象ががらりと変わってしまった。

大地ですらそうなのだから、付き合いの長い翔平はもっとのはずだ。在学中はただひたすら、こんなに困った先生はいないと思っていたに違いないのだから……

「盛大なギャップ萌えってやつですね」

「今にして思えば、ってやつだぞ」

翔平の自己分析は、今時点の話らしい。だとすると、怪我をした日はまだ、自分の気持ちに気付いていなかったことになる。となると、なぜ翔平は包丁で手を切るなんてことになったのだろう。大地は不思議でならなかった。

「今にして？　じゃあ、手を切っちゃったときは？」

「あれこそ、ビンゴだ。いや、ビンゴってのは変だけど、急に、なんだか面白くない、って思ったんだ。なんで毎週毎週ふたり揃ってやってくるんだ、って。でもやっぱり気になるし、目は行く。休憩時間とか特に……。そんな状態で作ってるから、まかないに胡椒を入れすぎたり、味をつけ忘れたり……ひどいもんだよな」

すまなかったと、改めて謝られ、大地は曖昧に頷いた。さらに翔平は語り続ける。

「で、次に思ったのは、これじゃあ声もかけられない」

「いや、どっちにしたって無理でしょ、それ！」

ウエイターである自分や颯太でさえ、勤務中はみだりに客と話をしてはいけないと言われている。相手が知人、友人、家族とかで、あちらから声をかけられたにしても、私語は最低限に留《とど》めるというのが『ケレス』の決まりだった。

いつかの土曜日のように、仕事に入る前ならともかく、すでに洗い場に入っている翔平が、わざわざ出て行って客に声をかけるなんてあり得ない。たとえ休憩時間にしても、マスターは渋い顔をするだろう。

それを十分わかっているはずの翔平が、声もかけられないと言う。そこからして常軌を逸している状態としか思えなかった。

「だよな。自分でもあり得ないって苦笑した。でも、そのあとふっと、ミコちゃん先生が最初に店に来たときのことを思い出した」

それに続いた翔平の言葉は、おおむね颯太が想像したとおりだった。

「料理人としては当たり前の気持ちだよ。この料理はこのままが一番旨いのに、って。でも、俺はそれがわかってて、変えてくれって頼んだんだ。ミコちゃん先生の好みどおりにしたくて」

なにもしなくても旨いホットサンドなんだから、そのまま出せばよかった。あえて、荒川さんのプライドを傷つけるようなことをしなくても……と翔平は苦笑いを浮かべた。

「荒川さんは気にしてなかったみたいですけど……」

「幸いな。でも、内心では傷ついてたのかもしれない。傷つくっていうよりむかつくかな」

「かもしれません」

「だろ？　で、まかないはまともに作れない、指は切る、とうとうバイトを休むところまでいって、さすがの俺も思ったわけだ」

「あーまずいなこれ……ですか……」

「ビンゴ。やむなく自己分析した結果、例の解答用紙に辿り着いた、って話だ」

そんな話をしながら、翔平は耳まで赤くなっていた。

――うわあ……なんだか空気がピンクっぽい！

歴代包丁部どころか末那高全体の中でも、翔平はダントツで『漢《おとこ》』だと評されてきた。どの口で恋バナなんぞ……と思いかけたが、誘発したのは他ならぬ自分だ。このままでは、永遠に失敗作ばかり食べる羽目になる。

多少の失敗があったとしても、翔平のまかない飯は十分旨い。元の絶品ぶりを知っているだけに残念な気持ちが募るが、それでもあるのとないのとでは大違いなのだ。

とにかくなんとかしなければ……その一心で、大地は話を続けた。

「で、どうするんですか？　このままずっと土曜日をパスし続けるんですか？」

「やっぱりまずいか……」

「当たり前じゃないですか。バイトなんて土日入ってなんぼじゃないですか。日曜日ずっと入るっていっても、開店から閉店までってわけにはいかないんですからね」

アルバイトであっても労働基準法は適用される。一日八時間を超えれば、時間外扱いとなって賃金を上乗せしなければならない。店としては、日曜日に時間外労働されるよりも、土曜、日曜ともに八時間以下で働いてもらったほうがいい。そもそも、土曜日に出勤しない理由が、特定の客に会いたくない、では通らないだろう。

「一心不乱に皿を洗ってればいいんです。ホールなんて見なければ、誰が来てるかなんてわかりません。俺たちも気付いたとしても、翔平先輩には言わないことにします。第一、夏休みが終わったら状況は変わるでしょう。土曜日は部活もあるし、もしかしたら日曜ばっかりになるかも」

「……それは考えなかった。だって、ドリンクチケット追加したんだろ？」

しっかりしてくれ！　と肩を摑んで揺すぶりたくなった。

末那高校は週休二日で土曜日の授業はないが、部活をおこなうところは多い。休みの日はもっぱら自主練習、学校での活動はなし、と公言するのは包丁部ぐらいのもので、他の部はむしろ一日中使える土曜日の活動がメインだったりするのだ。

豊田先生はバドミントン部の顧問をしているから、土曜日に『ケレス』に来るのは難しい。日曜日に変更、というのは容易に想像できた。

大地ですら考えつくことなのに、翔平が気付かないなんて末期的症状だった。

「ふたりで来るかどうかわからないじゃないですか！　豊田先生はチケットを買ってないし、夏休みが終わったら、もう来ない可能性だって……」

「ふたりでミコちゃん先生のチケットを使うつもりかもしれない。飲み物はミコちゃん先生のチケットで、食い物は豊田先生が払う、とか……」

「だ――――！　もう、なに言ってるんですか！　やばすぎでしょ、翔平先輩。そんなにくだらない想像してるぐらいなら、もういっそ、ばーんと告白……」

「できるわけがないだろ！　教師と生徒なんて洒落にもならん！」

「いやそれ、この間と話が違うでしょ！」

そこで大地は、先般の颯太が話していたフランス語の女性講師と学生の話を持ち出した。

「あのとき翔平先輩は、先生だって恋愛ぐらいする。学生とくっつこうが、誰とくっつこうが、人の勝手だって言ってたじゃないですか。在学中でもお構いなしに猛アタックする人だっているんですよ。でもって、今やラブラブ。翔平先輩はもう末那高生じゃないんだし、ためらう必要なんてありません。やったもん勝ちですよ！」

「いやでも、やっぱ告白とか無理。相手にしてもらえるとは思えない」

大地はさらにとほほ……だった。

「そんなことわからないじゃないですか。引退してからもう二年、その間にぐっと成長した姿を見せつけたら、ミコちゃん先生だって『おおーっ！』ってなるかもしれません」

「そんなに成長してねえよ。単に調理実習室から『ケレス』の厨房に変わっただけ、しかもやってることは皿洗いだけだからな」

「まかない飯、作ってるじゃないですか」

「あんなもの……」

数の内に入るか、と翔平は吐き捨てた。もう、なにを言っても『でもでもだって』状態。大地は次第にうんざりしてきてしまった。それでも、このままでいいとは思えない。ミコちゃん先生と翔平の関係はさておき、とにかくすべての土曜日を休むような状態はまずすぎる。

包丁部引退によって、大地も一度は翔平の野獣飯を諦めた。『ケレス』という場を得て、ようやく再び翔平の料理にありつけるようになったというのに、みすみす機会を減らしてなるものか、という思いもある。ただでさえ、翔平と大地が同じ日、しかも食事時を挟んでバイトに入ることは少ないというのに、その最たる機会である土曜日を失うことはできなかった。

そして、それよりなにより心配なのは、翔平の今後だ。バイトたちは土日の出勤を前提に雇われているのだから、シフトが回らなくなる。いかに星野が人のいい雇い主だったとしても、限度というものがあるだろう。なにより翔平は、料理人修業の一環として『ケレス』で働いているのではなかったのか。

「翔平先輩、いつまでもこんな形で土曜日をパスし続けたら、そのうち首になっちゃいますよ。プロの料理人になりたい人が、そんなことでいいんですか？」

「いや、それは……」

「こんなことミコちゃん先生にばれたら、告白どころか完全にアウト。それこそ、仕事をなめてるのか！　って竹刀《しない》でぶっ叩かれます」

ミコちゃん先生が豊田先生と一緒にいる姿を見るのは辛いかもしれない。でも、仕事は仕事なのだ。プロになっても、嫌な客が来るたびに休むつもりなのか、と大地は詰め寄る。

後輩、しかもまさかの大地にやり込められ、翔平は言葉を失ってしまった。

「うう……」

「俺なんてまだまだ、とか思ってるなら、よけいに頑張ってください。荒川さんにへばりついて、ひとつでも技を盗んでさっさとプロになってやる、ぐらいの気持ちがなきゃどうするんです。バイトをパスしたら、勉強の機会だって減っちゃいます。もたもたしてたら、ミコちゃん先生だって他の男とくっついちゃうかもしれませんよ」

無言で俯《うつむ》く翔平の姿が痛々しかった。

翔平は真面目一直線、料理の腕はすこぶる上等、おまけに筋骨隆々でなにかにつけ頼りになる先輩だった。その翔平がこんな風になるなんて信じられない。

大地自身、女の子を好きになったことは何度もあるし、今現在も、けっこう微妙な状況だ。夢菜を見るとちょっと、いやかなりどきどきするし、彼女がいないとつまらなく感じる。おそらく恋の一歩手前、もしかしたらもう踏み込んでいるのかもしれない。それでも、今の翔平ほど判断力を失ってはいないはずだ。

免疫がないって恐ろしい――そんな思いを抱きつつ、大地は翔平の家をあとにした。

第四話

男子のおやつはホットドッグ

八月最終週の土曜日、末那高校二年包丁部所属の木田三樹夫は、配達用のライトバンの助手席に座っていた。

家がパン屋を営んでいる関係で、三樹夫は週末や長期休暇になるとパン作りや店番を手伝うことが多かった。

『バウム』のパンには定評があり、サンドイッチやホットドッグを出す飲食店から注文を受けている。普段は父親がひとりで配達に行くのだが、前日に父親が腰を痛め、運転するのがやっと。ひとつひとつは軽いパンとはいえ、まとまればけっこうな重さとなる。とてもじゃないが運ぶことはできないということで、三樹夫が運搬役として駆り出されてしまったのだ。

「次は『ケレス』だな」

「げ……あそこ、すごく多いよね……」

「そんな顔するな。ありがたいお得意様だ」

「へーい……」

実は三樹夫が『ケレス』に行くのは初めてだ。ただ、納品先としてかなり古くからの付き合いだったため、名前はよく知っている。『ケレス』はサンドイッチ用、トースト用、ホットドッグ用と種類も数もたくさん買ってくれる店で、『バウム』の上得意となっていた。

「えーっと、今日は食パン十本とホットドッグ用が二ケース……」

納品書を確かめながら、三樹夫はパンのケースをひとつひとつ運び込む。どこかで見たような後ろ姿を目にしたのは、最後のケースを運び終え、納品書にサインをもらおうと待っていたときだった。

――あれ、あの人……？

流しに向かい、ひたすら皿やグラスを洗っていたため、彼の顔は見えなかった。ただ、背恰好や妙にがっしりした腕や肩は、去年卒業した包丁部の先輩にそっくりだった。

ただし、その先輩は三樹夫が入部したときの部長、勝山大地の先代となる部長で、三樹夫たちとは入れ替わりに卒業していたため、面識は深くない。

それでも、水野部長が引退するまでに何度か覗きに来てくれたし、彼がやってくると、先輩たちは大喜びで迎えていたから、きっといい先輩なのだろう。名前もしっかりは覚えていないが、確か『翔平先輩』と呼ばれていたはずだ。

彼はたいてい差し入れを持ってきてくれるのだが、たまに手ぶらで来る日もあって、そんなとき彼らはそこらにあった材料で、ささっと料理を作ってくれた。

その味たるや、そんじょそこらの定食屋より遥《はる》かに旨く、当時の二、三年生はしっぽを振らんばかりだった。もちろん、三樹夫自身も、この材料、短時間でよく……と感心させられた。総菜作りを覚えたくて入部した身としては、この人と一緒に活動したかった……と思うことしきりだった。

本人か、別人か、と後ろ姿をじっと見ていたとき、納品書にサインを終えたコックが彼に声をかけた。

「それ終わったら休憩とっていいぞ」

「ありがとうございます」

「飯、どうする？　なんか作ろうか？」

「いや、自分でなんとかします」

「じゃあ、ついでに月島の分も作っておいてやってくれ。あいつもそろそろ休憩だろうから」

「了解です」

彼は俯いて皿を洗いながら会話をしており、やはり顔は確かめられなかった。だが、声に聞き覚えがあった。おそらく自分が知っている包丁部の先輩に違いない。

――へえ……ここで、バイトしてたんだ。挨拶ぐらいすべきかな……でも、仕事中だし、俺のことなんて覚えてないだろうし……

そう思った三樹夫は、黙って『ケレス』をあとにし、そこで先輩のひとりを見かけたことは忘れてしまった。それを思い出したのは、学校が始まり、包丁部の活動が再開されたときのことだった。

「うーん……なんか足りない……」

元部長の水野優也が、はあーっとため息をついた。目の前には、微妙に頼りない味の野菜炒めがある。作ったのは三樹夫で、彼は味見をしてくれたのだ。ちなみに、現在の部長は三樹夫。パン屋の息子、しかも小さいころから家の手伝いをしていてパンやお菓子作りに慣れている、ということから、部長を任されることになった。

自分自身、大丈夫かな……と不安を覚えはしたが、同学年の蘇我は『俺はまだ生ジュースがやっと』と逃げ腰だったし、先代部長からの指名を断ることはできなかった。

部長として包丁部を引き継いでまだ三ヶ月、そのうちの四十日は夏休みだったから実質一ヶ月半しか経っていない。元々総菜が作れるようになりたくて入部したものの、熱狂的な小麦粉教信者に巻き込まれ、今まではパンやデザート類を作ることが多かった。不知火の引退後、ようやく総菜作りに取り組めるようになったものの、めざましく上達したとは言い難い。そのため、引退した優也が様子を見に来てくれるたびに味見を頼み、アドバイスをもらうのが常だった。

「なにを足すべきか……醤油……いや、塩？」

優也はもう一口野菜炒めを食べ、眉間に皺を作っている。

「そう……？　けっこう旨そうな匂いがしてるけど？」

そう言ったのは不知火。彼は今、オーブンの前に陣取り、パウンドケーキの焼き上がりを待っているところである。パウンドケーキは手間がかからず、失敗も少ない。今年入った新入部員に作らせるにはもってこいということで選ばれたメニューだった。

「いや、旨くないとまでは言わないけどさ……やっぱり何かひと味足りない。こういうとき、翔平先輩なら、醬油をちょっと垂らせとか、粉末のコンソメを振りかけろ、とかはっきり指摘してくれるんだろうなあ……」

「水野君、それはちょっと高みを目指しすぎじゃない？　僕たちと、日向先輩じゃレベルが違いすぎるよ」

「そうか……日向先輩だ……」

『日向』という名前が出てきて、三樹夫はようやく夏休み中に目にした後ろ姿の主のフルネームが『日向翔平』だったことを思い出した。

「それがどうしたの？」

怪訝な顔で優也が言う。独り言のつもりだったのに、思ったより声が大きかったらしい。

「俺、夏休み中に日向先輩を見かけたんです」

「会ったの⁉　どこで⁉」

——うおっ！　なにこの反応。そんなに日向先輩のことが好きなのか？

あまりの勢いにたじたじとなりつつも、三樹夫はなんとか答えを返す。

「『ケレス』。知ってますか？」

「『ケレス』……？　でっかい喫茶店じゃなかった？」

だったよな？　と優也が不知火に確かめると、彼もすんなり同意した。

「うん、僕も聞いたことがある。サンドイッチとかホットサンドとかが旨いって評判だよね？　日向先輩、そこでなにしてたの？　飯でも食ってた？」

「いや、俺が見たのは厨房でしたから、たぶんバイトじゃないかと……」

「働いてたの⁉　しかも、厨房！」

いかにも翔平先輩らしい、と三年生ふたりは大盛り上がりだった。さらに不知火が訊いてくる。

「ってことは、『ケレス』に行けば、日向先輩の料理が食えるってことかな？」

「いや……それはどうでしょう。俺が見たときはひたすら皿を洗ってましたし、たぶんそれが仕事なんじゃないかな……。あそこ、正規のコックさんがいるみたいですし」

「何という宝の持ち腐れ！　下手なコックより日向先輩の飯のほうがずっと旨いのに」

「気の毒だな……せっかく厨房にいるのに皿洗いしかさせてもらえないなんて。きっと翔平先輩、ストレス溜めまくってるよ」

ストレス発散のために、家に帰ってから筋トレに励みまくって、さらにマッチョになってたりして……と不知火は大笑いだ。だが、三樹夫の見たところ、彼の筋肉はそこまで増大している様子はなかった。

「いや、あんまり変わってらっしゃいませんでしたよ。たぶん、まかないぐらいは作らせてもらってるんじゃないかな……。コックの人に、飯はどうする？　って訊かれて、自分でなんとかしますって答えてましたから。他の人の分も一緒に作る感じでした」

「他の人……他のバイトの分ってことか」

「ええ。あれ？　そういえば……」

そして三樹夫はそこでいきなり、そのときにコックが口にした名前を思い出した。

「あの……うちの部のＯＢで『月島』って人、いませんでした？」

「いるよ。今話に出てきた翔平先輩と同期。一緒に来てくれたこともあるから、おまえも何度か会ってるはずだよ」

それがどうした？　と優也に訊ねられた三樹夫は、ちょっと考えたあと、自分の推測を口にした。

「もしかしたらその人も『ケレス』でバイトをしているかもしれません。コックの人が、『月島の分も』って頼んでましたから」

「それって、まかないのこと？」

「でしょうね」

「ぐわああ――――!!」

そこでいきなり声を上げたのは、不知火である。彼は普段からなにかにつけてクールで、口調もどちらかというと皮肉っぽい。その彼が、こんなに獣じみた声を上げるなんて……と、三樹夫は驚いてしまった。

「どうしたんですか？　腹でも痛いんですか？」

「違う！　単にいろいろ羨ましかっただけ。月島先輩、ずるすぎる！　日向先輩と同じところでバイトしてて、おまけに飯まで作ってもらってるなんて……」

不知火は地団駄を踏みそうになっている。優也は優也で、うぐ……と唸っていた。

「たぶん『ケレス』には、月島先輩が先に入ったんじゃないかと思う。で、翔平先輩は月島先輩の伝手《つて》。翔平先輩ってあんまり接客業に向いてないし、面接とかも苦手そうだもん。でも、それにしたって羨ましすぎる！」

俺も早く大学生になってバイトをしたい。そのときは絶対に『ケレス』に行く！　と三年生ふたりは気炎を上げる。だが、三樹夫に言わせれば、それはちょっとどうなんだ、だった。

「そんなに上手くいかないと思うんですけど……」

言わずもがなの台詞がつい口をついた。とたんに不知火にじろりと睨まれる。

「なに？　君は僕たちは『ケレス』に入れないとでも？」

「いや……そういうことじゃ……」

大学生になるにはまず受験を乗り越える必要があるし、最短でも半年以上先のこと。浪人でもした日には、二年がかりになってしまう。その間ずっと、彼らの憧れの先輩たちが『ケレス』で働き続けるとは限らない。アルバイトの利点のひとつは、気軽に入ったり辞めたりできることなのだ。相性、あるいは条件が悪ければ、さっさと辞めてしまうだろう。

不知火の冷たい視線に耐えつつ、三樹夫はそんな説明をした。

「でも、翔平先輩だけならともかく、颯太先輩が働いているなら条件は悪くないと思う。颯太先輩はものすごく人当たりがいいし、面接なんて受けた端から通っちゃうだろ？　わざわざブラックなところで働く必要なんてないよ」

優也は、きっとバイトとしては平均、あるいはそれ以上に違いない、と断言した。だが、それを聞いた不知火は、逆に難しそうな顔になる。

「……とすると、別の問題が出てくるな」

「というと？」

「そんなにいいバイト先でみんなが辞めないなら、求人自体が発生しない」

「それはどうだろ？　バイトなんて学生が中心だし、就職したらバイトは辞めるよ。少なくとも毎年ひとりやふたりは新しいバイトを入れてるはずだ」

「もちろん理屈上はそうだ。でも、そこに何人応募する？　僕たちが、そんな難関を突破できるだろうか？　というよりも、大学生になったからといってバイトをしている余裕があるかどうか謎だ。だって僕たち、仮にも理系志望だし」

「え、理系なんですか⁉」

素っ頓狂な声を上げたのは、琢馬だった。

優也はともかく、不知火は元々四字熟語や諺に興味を持っていて、その語源を調べるために独自で研究会を立ち上げようとしていたと聞いた。三樹夫も琢馬も入部当時に、優也からそれを聞かされた。だからこそ琢馬は、不知火は文系だと思い込んでいたのだろう。興味の対象から判断して当然のことだし、三樹夫自身そう思っていたのだ。

「蘇我君、なにか異論でも？」

「いや……俺、てっきり不知火先輩は、大学で語源研究を極められるとばかり……」

「だから、あれは趣味。語源研究で食っていこうとは思ってないよ。僕は、語源にも興味を持ってるけど、大学は工学部もしくは農学部を狙ってる」

「工学部もしくは農学部？」

「わかるようなわからないような……」

琢馬が首を傾げている。確かにどちらも理系である。既に夏休みが終わり、受験まで正味四ヶ月という時期に、このふたつに絞り込んでいるからには、明確な目的があるに違いない。

共通項は何だろう……と考えていると、調理実習室の引き戸がいきなり開いた。

「やあやあ、各々方、夏休み中、元気にしてたかー？　って、水野、不知火！　おまえらなにやってんだ！」

「あ、ミコちゃん先生！」

とたんに不知火が嬉しそうな声を上げる。ミコちゃん先生は、受験生にもかかわらず油を売っているふたりを叱るつもりに違いない。それなのに、この対応。不知火の面の皮は相当厚いとしか思えなかった。

「受験生はさっさと帰って勉強しろ！　まったく月島といい、日向といい、どうしてこの部の連中は、速やかに引退しないいんだ！」

「お言葉ですが、ミコちゃん先生。引退したって時々顔を出したくなるぐらい、うちはいい部だったたってことでしょ？　それに、夏休み明けにここに顔を出すのは包丁部の慣例です」

「まったくお言葉だな！　水野、おまえ、昔はそんな子じゃなかった！」

おどおどと周囲の顔色を窺っていたおまえが懐かしい、とミコちゃん先生は盛大に嘆いてみせる。だが、本人はにやにや笑っているし、不知火は不知火で火に油を注ぐようなことを言う。

「『郷に入っては郷に従え』あるいは『育てたように子は育つ』？」

「不知火！　おまえはちょっと諺とか四字熟語を頭から追い出せ！　じゃないと理系科目がちっとも入らないぞ！」

そこで、三樹夫は先ほどの疑問を思い出す。工学と農学の共通点はなんだろう。それとも、取り組みたい分野がふたつあるのだろうか……

「あの、不知火先輩。語源じゃないとしたら、先輩は大学でなにをやられるつもりですか？」

「僕？　僕は……」

「こいつはな、大学に行ってまで小麦粉教を極めるつもりなんだ！」

「は？」

思わず間抜けな声が出た。小麦粉教を極めるというなら、進むべきは料理の道、つまり家政科あるいは料理の専門学校とかではないのか。

ところが不知火は、それはそれとして……と『料理道』を切り捨てたあと、にんまり笑った。

「僕はね、大学に行って小麦粉というか、小麦そのものを研究しようと思ってる。農学に行くとしたら病気や気象変化に強い新種の開発だし、工学に行くとしたら、化学を専攻してグルテン構造とかそういうやつ。小麦粉って、お菓子にしても、パンにしても、料理に使ってもものすごく美味しいだろ？　それなのに、アレルギーとかで味わえない人がいる。気の毒すぎる。僕はそれをなんとかしたい」

「マジっすか……」

小麦粉料理を愛し、もっと広めたいと思うあまり、小麦そのものの研究に乗り出すとは……

不知火という人は、聞いたこともない四字熟語や諺を連発して周囲を煙に巻くし、彼の小麦粉への執着は理解の程を超えていた。三樹夫は常日頃から、なんて得体の知れない人なんだ！　と思っていたのだ。だが、その執着を品種改良やアレルギー対策にまで広げられるとしたら、それはそれで素晴らしい。今も入部エピソードとして語り継がれる『牛一頭丸ごと解体』を持ち出したときも、もしかしたら彼なりの深謀遠慮があったのかもしれない。

　三樹夫がそんなことを考えていると、またミコちゃん先生の訓告と嘆きをまぜこぜにしたような話が始まった。

「不知火は小麦粉が大好きで、大学で本格的に研究がしたい。だから理系を選んだ。ものすごくシンプルでわかりやすい。行ける大学より、行きたい大学という本学の方針にも沿っていて、大いに評価できる。だが、実際に大学で研究をするためには、入試を突破する必要があるだろ？　そうでなくともおまえは理系科目が不得意なんだから、寸暇を惜しんで努力しろ！　とりあえずでいいから、今不要なものは頭から追い出せ！」

　いやいや、それちょっと違うでしょ……と言いたくなった。仮にも教師が、既に頭にある知識を追い出せ、はない。たとえそれが入試問題には出てきそうにもない難解な四字熟語であっても、入試に必要な知識と入れ替えろ、なんて暴論もいいところだった。

　けれど、三年生ふたりはどこ吹く風で、青筋を立てんばかりのミコちゃん先生を見ている。その上、不知火の言いようがひどい。

「ご心配なく、僕の脳みそ、けっこう空きスペースありますから」

「そりゃけっこう……じゃなくて、それだけ使ってないってことじゃないか！」

「まあまあ、そういきり立たずに。僕が知る限り、包丁部の先輩方はみんなこんな感じでしたし、それでもちゃんと大学に入ってます。日向先輩も、月島先輩も、あの勝山先輩ですら！」

「ちゃんとが聞いて呆れる！　私は、毎年毎年胃に穴が開きそうになってるんだぞ。まったくどいつもこいつも……」

「でも、みんな行きたがってた大学でしょ？　勝山先輩なんて第一志望合格だし」

「結果論だ！　その過程で、私がどれほど心配したと思ってるんだ。それなのに、あいつらまた三人つるんで仲良くバイトとか……」

「三人つるんで⁉　それって『ケレス』で、ですか？」

それまで、にやにや笑いながらミコちゃん先生と不知火の会話を聞いていた優也が、やにわに大声を上げた。ミコちゃん先生が、ぎょっとしたように彼を見る。普段に似合わぬ声量に、驚いたのだろう。

「ああ、そう、その店。知らなかったのか……って、まあ知らなくて当然だな」

「いや、翔平先輩と颯太先輩が一緒にバイトしてるってことは聞いてました、ってか、さっき三樹夫から聞きました」

「木田？」

ミコちゃん先生に怪訝な顔をされ、三樹夫は家の手伝いで『ケレス』に納品に行ったときに、翔平を見かけたことを告げた。

「『ケレス』のパンは『バウム』のだったのか……。道理で旨いと思った」

「ありがとうございます」

「よかったな、三樹夫……じゃなくて！　大地先輩も『ケレス』で働いてるって本当なんですか？」

「本当。日向は厨房で、あとのふたりはウエイター。いっちょ前にネクタイとか締めてて笑えるけどな。三人は相変わらず仲良しこよし。一緒にバイトして、日向は厨房にいるから、せっせとまかない飯でも作って、他のふたりに食わせてるんじゃないかな」

「ぐわ――――！　やっぱり！」

「月島先輩ばかりか、勝山先輩まで！　僕だって日向先輩のまかない飯が食べたい！」

不知火の大騒ぎに、三樹夫は、その話はさっき終わったんじゃ……？　と言いたくなった。

包丁部ＯＢ会は『ケレス』に本拠地を置いたようだ。自分たちもそこに入りたい、いや、絶対に入る。ついてはとにかく大学生にならなければ……と結論が出たはずだった。

ミコちゃん先生は、じたばたしている優也と不知火を見て、事情を察したらしい。

「さてはおまえら、あいつらに交ぜてもらいたくて仕方がないんだな？」

「当たり前じゃないですか！」

「だったら、さっさと……」

ブーッ・ブーッ・ブーッ……

ミコちゃん先生は、『帰って勉強しろ』とでも、続けたかったに違いない。だが、間の悪いことに、そこでオーブンの焼き上がりを知らせるブザーが鳴ってしまった。

不知火がこれ幸いと新入部員の鹿島《かしま》にミトンを渡す。

「じゃあ、取り出して。オーブンの中も、ケーキそのものもすごく熱いから気をつけて」

オーブンを開けたとたん、熱気とともに、甘い香りが吹き出してくる。生地はこんがりきつね色、トッピングのスライスアーモンドも焦げすぎてはいない。どうやら、パウンドケーキは上手く焼けたようだ。

「今、紅茶でも淹れさせますから、ミコちゃん先生もどうぞ」

「だから、おまえらはもう引退してるんだから、我が物顔に仕切るな！　木田、おまえは部長として、今後こいつらが茶々入れに来たら即座に追い返せ！」

ぜいはあ……と肩で息をしそうになっているミコちゃん先生。涼しい顔の優也。冷蔵庫から紅茶の葉を取り出す不知火。こうなると、ミコちゃん先生が荒れ狂う気持ちもわからないでもない。

三樹夫もさすがに同情せずにいられなかった。

みんなで焼きたて熱々のパウンドケーキという珍しいスイーツを食べ、熱々上等派と一日おいてしっとりさせたい派のプチバトルを発生させたあと、三年生ふたりは塾へ、ミコちゃん先生は社会科教員室へ戻っていった。

「結局先輩方、三十分もいなかったよね。なんで最初に、塾が始まるまで時間があるからちょっと覗いただけです、って言わないのかな。そうしたら、ミコちゃん先生だってあんなにエキサイトする必要なかったのに……」

使った型や食器類を片付けながら琢馬が呟いた言葉に、包丁部全員が無言で頷く。もしもあれが、歴代包丁部先輩たちによる『育てたように子は育つ』の結果だとしたら、ミコちゃん先生の苦労は計り知れない……とため息が出そうになる一幕だった。

*

下駄箱に向かう廊下で、三樹夫が優也と不知火に出くわしたのは、九月六日のことだった。三樹夫は体育でグラウンドに出ようとしていたのだが、彼らはすでに帰宅するところ。まだ五限目が終わっていないのに、と思ったが、どうやら今日は模試でいつもより下校が早かったらしい。

「お、三樹夫！　これから体育？」

残暑まっ盛りの午後二時半、しかもグラウンドなんて最悪だね、と優也が笑う。

「ほんとですよ。なんでうちの学校、プールがないんですか？　夏の体育といったら、普通は水泳でしょう！」

「男ばっかりで水泳の授業って、嬉しい？」

「……あんまり」

「だよね」

さらに嬉しそうに笑ったあと、優也は隣にいた不知火に声をかけた。

「今の会話、ちょっと颯太先輩っぽくなかった？」

「確かに……あの人なら言いそうだ」

「優也先輩たち、本当にあの先輩方のこと大好きなんですね」

なんでここで先輩の話が出るのだろう。そんなに朝から晩まであの人たちのことを考えているのだろうか、と思ってしまう。優也はどうやらそんな三樹夫の気持ちを見抜いたらしく、少々照れくさそうな顔で言った。

「いや、ごめん。実は俺たち『ケレス』に行くところなんだ。それでつい……」

「え？　今から？」

三樹夫はふと、喫茶店で油を売っている場合なのか、受験生……ミコちゃん先生にまた吠《ほ》えられちゃうんじゃ……と、心配になる。だが、どうやらふたりは明確な目的を持って『ケレス』に行くらしい。

「大学の話を聞かせてもらおうと思って翔平先輩に連絡を取ったら、バイトが終わってからならって言ってくれたんだ」

翔平が通っているのはかなり大きな大学で、立地的にも通いやすい。調べてみたところ興味が持てそうな学部も複数あったし、志望校のひとつとして考えたいのだ、と優也は言う。

「不知火先輩もですか？」

「僕はどっちかって言うと颯太先輩の大学のほうが気になるんだけど、情報は多いほうがいいからね。今日は模試だけだからいつもより早く終わるし、ちょうどいいと思って」

「バイトが終わってからって……そんなに早く終わるんですか？」

今日は平日だから、バイトは夕方からだろう。終わるのは夜、もしかしたら夜中かもしれない。そんな時間まで待つつもりなのだろうか……と三樹夫はさらに心配を募らせた。ところが、優也はそんな三樹夫の心配を笑い飛ばした。

「翔平先輩はまだ夏休み中だよ。来週にならないと講義は始まらないんだってさ。だからバイトも早い時間に入ってて、今日は四時で上がりなんだって」

「はあ……さすが大学生……」

「だよね。ということで、今から行けばちょうどいいってことになったんだ」

「え、でもちょっと早すぎませんか？　『ケレス』はここから三十分ぐらいでしょ？　まだ二時半だから、三時過ぎには着いちゃいますよ？」

「だからちょうどいいんだよ。一時間あれば、ホットドッグぐらい余裕で食べられる。僕たち、夜にはまた塾だから、腹ごしらえしとかないと」

多少は考えてるんだよ、これでも……と不知火は笑った。

「学校が二時半に終わって三十分で移動して、一時間でおやつ兼休憩、そのあと大学について聞かせてもらって、六時から塾。完璧じゃない？」

優也は、俺のスケジューリングに抜かりはない、と自慢げに言う。

「まあ、メールでも電話でもいいようなもんだけど、こういうのってやっぱり直接聞きたいじゃないか。もしかしたら月島先輩や勝山先輩もいるかもしれないしね」

不知火のことだから、あのふたりが、どんなを顔して接客をしているのか非常に興味深い、とでも思っているに違いない。『ケレス』の一角に陣取って、先輩たちが働いているのをにやにや眺める彼の姿が目に浮かんだ。

「不知火先輩、それって、けっこう迷惑なんじゃ……？」

午後から夕方にかけての喫茶店は、ランチタイムに比べれば客は少ない。だが、『ケレス』の場合、暇すぎてあくびが出るような状況ではない。それなりに客は入ってくるのだ。接客している姿を後輩に興味本位で監視されては堪ったものではない。

ところが、不知火は平然としたものだった。

「あそこは喫茶店で、俺たちは客。別に問題ないだろ？」

「そうそう、何時間も粘るならまだしも、せいぜい一時間じゃない。先輩たちがいるとも限らないし」

呑気に頷き合っているふたりを見て、三樹夫はため息が出そうになった。

つい最近、ミコちゃん先生も大変だと思わされたばかりだったが、負けず劣らずＯＢたちも大変。先輩が後輩の面倒を見るのは当然にしても、これはちょっと度が過ぎる。自分もいつかこんな目に遭うのだろうか。それならいっそ、後輩でいるうちは迷惑をかけまくっておいたほうが諦めがつくかも……

そんなことを考えながら、三樹夫は意気揚々と去っていく三年生ふたりを見送った。

＊

ドアにぶら下げられているベルが、カランコロンと鳴り、制服姿の二人組が入ってきた。

――このあたりはブレザーの高校が多いのに、学ランなんて珍しいな……

そう思いつつ、大地はお盆に水の入ったグラスをふたつのせる。

「いらっしゃいま……うおっ！」

客を迎える挨拶が、途中で素の声に戻る。大地の姿を認めた客が歓声を上げた。

「大地先輩！」

「優也、それに不知火も！　なにやってんだ、おまえら！」

「ここ喫茶店でしょ？　お茶を飲みに来たに決まってるじゃないですか」

「プラスおやつ。『ケレス』のサンド類の旨さには定評がありますからね」

「なに言ってるんだ！」

学校はどうした、そもそも受験生だろ、呑気にサンド食ってる場合か！　と大地は精一杯先輩面で言ってみるが、優也は気にする様子など皆無で言い返してくる。

「模試で早く終わったんですよ。で、塾まで時間があるから先輩に大学の話でも聞こうと思って」

「大学の話？　そんなの今、無理。仕事中だって」

「見ればわかります。でも、俺たちが会いに来たのは勝山先輩じゃなくて日向先輩」

「翔平先輩？」

「四時で上がりだから、そのあとならって言ってくれました。優しいですよね、日向先輩」

「どうせ俺は優しくねえよ！　第一、四時って、まだ一時間もあるじゃないか！　時は金なりっていうだろ。そういう隙間時間をいかに使うかが大事なんだぞ。俺みたいに六連敗したくなかったらちゃんと勉強しろ！」

「確かに一度二度なら挫折経験にもなりますが、六連敗はちょっとねえ……」

「だから――‼」

「勝山君、ご案内」

そこでマスターの声が飛んできた。

――しまった！　後輩とはいえ、こいつらは客。こんなところでわちゃわちゃやってる場合じゃなかった……

どうやらこのふたりは、今まで『ケレス』に来たことがなかったようで、自分で席を選んでいいのかどうかもわからないらしい。他の客であればさっさと席に案内するのに、ついうっかりそのまま話をしてしまい、ふたりは今もカウンターの前に立ったまま。マスターに見とがめられるのも当然だった。

大地は慌ててふたりを空席に促した。

「こちらの席でよろしいでしょうか？」

「はい」

水をテーブルに置き、脇に挟んでいたメニューを渡す。受け取った優也が、すかさず訊ねてきた。

「おすすめはなんですか？」

おすすめは、図書館か予備校に行って勉強だよ！　と言い返したい気持ちをぐっと抑え、大地は一通りメニューの紹介をした。

そのまま放置しようと思ったが、手のかかる客は、あれはどうだ、これはどうだ、とうるさい。やむなく、彼らが注文を決めるまで付き合い、やっとのことで大地はカウンターに戻った。

「ホットドッグセットふたつ、飲み物はアイスオーレとアイスレモンティーで」

大地は不機嫌そのものの顔で注文を通す。気分は、注文ぐらいさっさと決めて、単語のひとつでも暗記しろ、だった。

カウンターに戻ったとたんに仏頂面になった大地に、星野は笑いを隠せない様子だった。

「もしかして後輩？」

「そうなんです。すみません……」

「別に謝らなくてもいいよ。金さえ払ってくれればお客だし」

「あー……それはそうなんですが……」

そう言いながらカウンターの後ろに目をやると、厨房からこちらを見ている翔平と目が合った。どうやら彼も、後輩たちの来店に気付いたようで、仕切り窓越しに星野に声をかけてきた。

「マスター、あいつらの支払い……」

「あ、それなら翔平先輩と俺で割り勘ってことで」

翔平はいつもこんな感じで、後輩たちの負担を減らそうとしてくれる。だが、優也と不知火は自分から見ても後輩なのだ。先輩のメンツにかけても、翔平ひとりに支払わせるわけにはいかない。翔平はそんな大地の気持ちを察してくれたのか、あっさり割り勘を承知してくれた。

星野はふたりが目で交わした会話ににんまり笑い、アイスオーレとアイスレモンティーを作り始めた。

「大地、今日は何時上がり？」

「六時です」

「そうか……じゃあ、一緒にっていうのは無理だな」

大地と翔平が窓越しにひそひそやりとりしていると、いきなり星野が訊いてきた。

「日向君、このあと彼らと？」

「ええ。大学の話を聞きたいって」

「そう。勝山君、なんなら君も日向君と一緒に上がっていいよ。今日はあんまり忙しくないし、けっこう手も足りてるし。せっかく後輩が訪ねてきてくれたんだからね。いいねえ、先輩を慕ってバイト先を訪れる後輩かあ……萌える」

星野はいつだったかも聞いたフレーズを繰り出す。

星野は大地たちが男子高出身、しかも部活まで同じだったことを知っている。もしかしたら、男子高における禁断の愛……なんてあらぬ妄想を巡らせているかもしれない。そこにさらに下の後輩までやってきたということで、鼻息を荒くしているのだろう。

昨今、ボーイズラブに思いを馳《は》せる腐女子というのがいるそうだが、腐男子というのもいるのだろうか。しかも中年で……と、大地は力が抜けそうになる。

——いやでも、この人、ミコちゃん先生のときも『萌える……』とか言ってたよな。なんなんだ、いったい？　ただの野次馬？　でも、まあせっかくの申し出だから、ありがたく早帰りさせてもらおう。

雇用主の言動に、そこはかとない疑問を抱いたまま、大地はその日の退勤時刻を二時間繰り上げることにした。

「行く場所を決めていないなら、地下の打ち合わせブース使っていいよ」

退勤間際、星野はさらに嬉しい提案をしてくれた。

後輩たちは六時には塾に行かなければならない。塾は末那高の近くにあるらしいし、場所を移動している間に時間が過ぎて、話す時間が減ってしまう。どうせなら少しでも長く話をしたいと考えていた元包丁部メンバーは、大喜びで星野の言葉に甘えることにした。

とはいえ、席を移ったあと、翔平や大地が焼き肉ピラフを注文して食べたのだから、売上げ向上を目指す星野の策に嵌まったような気がする。注文したのが翔平たちだと知った荒川がここぞとばかり大盛りにしてくれたから、利益は多少減ってしまったかもしれないが……

「旨いですね、このピラフ！」

大盛りで出された焼き肉ピラフを味見し、不知火が感動の声を上げた。

無理もない。切り落としとはいえ、国産の牛肉を使った焼き肉ピラフである。焼き肉がのせられていなかったとしても、万能葱、ニンニク、玉葱をたっぷり入れ、鷹《たか》の爪《つめ》でピリ辛感を加え、男子好みの濃い味に仕上げられているのだ。これを旨くないという高校男子がいたら、さては汗をかいていないな？　男子は運動だ、筋トレだ、まずは腹筋百回、そのあと校庭十周だ！　と鬼コーチになりかねないレベルである。

不知火は運動とは縁のない生活を送っているようだが、とりあえずこの焼き肉ピラフは正しく評価できたらしい。

だが、これまで散々いじられた思い出が去らず、大地はつい皮肉を言ってしまう。

「珍しいな、おまえがそこまで褒めるなんて。もしかして荒川さん、どこかに小麦粉使ったのかな？」

「焼き肉ピラフに小麦粉が入り込む余地はない。単に荒川さんの腕がいいだけだ」

「じゃあその荒川さんに、まかない飯を頼まれる翔平先輩も相当すごいってことですよね」

「……そんなこともないさ」

謙遜しつつも、やはり翔平は嬉しそうだった。

一方、大地と翔平のやりとりを聞いている優也は地団駄を踏まんばかりだ。

「ううう……。ホットドッグもこの焼き肉ピラフもすごく旨かった！　ここで働けば、まかない飯は翔平先輩か、このコックさんかを選べるんですよね？　贅沢すぎる‼」

「自分で作るって選択肢もあるぞ」

「論外！」

自分で自分をきっぱり否定し、優也は嘆き続ける。

「あーずるい、悔しい、羨ましい！　俺も大学生になったら絶対ここで働きます！」

「ってことで、大学の話をしようか？」

このままでは『ケレス』のまかない飯の話に終始してしまう。そう思った大地は、無理やり話題を大学に持っていった。

大学の講義の様子、名物教授の有無、サークル活動の状況、ついでに学食がどんな具合か、まで優也たちの質問は続いた。そのひとつひとつに端的というか、少々ぶっきらぼうに答えながらも、翔平は飽きることなく後輩たちに付き合っていた。時々大地にも質問が飛んできたが、大地の大学には理系学部がひとつしかない上に、理系のキャンパスは郊外で通いにくい。彼らの選択肢に入っているように思えなかったから、単なる比較対象だったのだろう。

「とりあえず、こんなところでいいかな。またなにかあったら、声をかけてくれ」

時計が午後五時を回ったころ、翔平はそう言って質問を切り上げさせた。六時から塾が始まるなら、そろそろ移動させなければという配慮からに違いない。

優也はおもむろに背筋を伸ばし、深々と頭を下げた。

「ありがとうございました！　翔平先輩の大学は、すごく面白そうです」

話を聞いてみると、優也が進みたいと思っているのは工学部、中でも建築に関わる学科らしい。なんでも翔平の大学にはその分野で第一人者と言われる教授がいて、優也はその教授の講義がどんな感じなのか知りたかったらしい。

翔平は文系学部に在籍しているから、理系についてはわからないのではないか、と心配したが、一般教養科目でその教授の講義を取っていたそうだ。課題が頻繁に出てなかなか厳しいが、講義は面白い。工学なんて門外漢の自分でも興味を持って学べた、という翔平の言葉に、優也は満足していた。きっと、優也は来年の二月、翔平の大学を受験することだろう。

不知火は不知火で感慨深げに言う。

「僕はどっちかっていうと颯太先輩の学校に興味があったんですけど、翔平先輩の学校もいいなあ……」

「化学と農学ならうちにもあるからな。でも、農学は颯太の大学のほうが有名だから、あいつの話も聞いたほうがいいぞ。なんなら、連絡しておいてやろうか？」

「いいえ、自分でやります。こういうのも受験の一部ですから」

「そうか、じゃあまあ頑張れ」

その激励の言葉を締めに、四人は席を立ち、地上に続く階段を上がった。

「翔平先輩、じゃ、僕たちはこれで……。あ、大地先輩もありがとうございました」

「なんだその付け足しっぽい言い方は！」

「え、そうですか？　そんなつもりは……」

卒業前とちっとも変わらない扱いを受け、とほほ……となりながらドアに辿り着いたところで、大地は入ってきた客とぶつかりそうになった。

「申し訳ありません！」

ところが、深々と下げた頭の上に降ってきたのは、至って不機嫌そうな声だった。

「おまえら……」

「ミ、ミコちゃん先生！」

「なにやってんだ受験生！　しっかり勉強しろってあれほど！」

「今から塾です。じゃあ、僕たちこれで！」

優也と不知火はさっさと逃げ出して行く。残った大地は困惑してしまった。

まったくあいつらときたら……と呟いたあと、ミコちゃん先生は翔平と大地に目を留めた。

「今からバイトか？」

「いえ、今日は朝から入ってたんで四時で終わりました。優也たちが大学について訊きたいって言うんで……」

「大学についてって、おまえの大学って理系は……」

「学部が少ない上に通いづらい、っていうのはわかってますよ。ま、俺はただの付け足しで、メインは翔平先輩です」

「それならわかる」

妙に素直に頷いたあと、ミコちゃん先生は何事か考え込んでいる。どうしたのだろうと思っていると、彼女は唐突に食事に行かないか、と誘ってきた。

なんでも彼女は、『ケレス』で食事をしようと考えていたらしい。だが、大地たちの仕事が終わったと聞いて、たまにはゆっくり話でも……と誘ってくれたようだ。

「ゆっくりとはいっても、七時から講習会があるから小一時間ってところだけど」

講習会ってなんだろ？　と思いつつ、大地はミコちゃん先生に言われるままに、近くにある定食屋に行った。さっきの焼き肉ピラフは優也と不知火にあらかた食べられてしまったので、まだまだ胃袋に余裕はある。たとえ腹一杯で米粒ひとつ入る余地がなかったとしても、翔平の気持ちを知っている今、大地にはミコちゃん先生と翔平が一緒に過ごせる貴重な機会をなくすことなどできなかった。

翔平は、いつものなにを考えているのかわからないような仏頂面のように見える。だが、よくよく窺ってみると、微妙に鼻の穴が膨らんでいる。やはり彼もこの機会を喜んでいるのだろう。

「ミコちゃん先生は『ケレス』じゃなくてよかったんですか？」

席に着くなり、翔平が訊ねた。

三人が入った定食屋は、値段も味も平均以上ではあったが、『ケレス』のようにデザートや飲み物が充実しているわけではない。女性の好みには合わないのでは？　と心配したのだろう。

「別にかまわないよ。『ケレス』に行ったのは講習会の会場に近いのと、おまえらの職場なら少しは売上げに協力してやろうと思ったからだ。めちゃくちゃ不味《まず》い店だったら困ったが、『ケレス』なら問題ない」

「ミコちゃん先生、『ケレス』のこと知ってたんですか？」

「私が学生だったころからあったたし、何度か入ったよ。講習会に出るためにこの町に来て、そういえば……って入ってみたら、勝山と月島がいてびっくりした」

翔平は、なるほど、と頷き、壁に貼られたメニューに目を移した。ミコちゃん先生はもう注文を決めているらしく、メニューを見ていない。『ナスの味噌炒め定食』に決めた大地は、代わりに気になっていたことを訊ねた。

「そういえばミコちゃん先生、講習会ってなんですか？」

「ああ……今な、私の母校で定期的に開かれてる社会人向けの講習会に出てるんだ。いわゆる公開講座ってやつだけど、今年は在学当時にお世話になった先生が担当しててね。来年の三月に退官の予定だから、今を逃すともうその先生の講義は聴けないんだ」

「それって水曜日と土曜日ですか？」

「そう。大学が休みになる七月末から九月にかけての土曜日と水曜日。正確には土曜日のコースと水曜日の夜のコースがあって、片方は退官する先生じゃないんだけど、今私が一番興味を持っている分野の先生。普段はよそで教えてる人だから、うちの大学で講義を受けられるなんて大ラッキー、ってことで、私は両方にエントリーしたんだ。全部は出られないことはわかってたけど、できる限り参加したいと思って」

その説明で、ここしばらく彼女が『ケレス』に通ってきていた理由が判明した。水曜日と土曜日に限って現れるのは講習会に出る前、あるいは終わったあとだったたからだ。

「あの……もしかしてそれ、豊田先生も？」

「うん。豊田先生は土曜日のコースだけだがな。そもそも、この講座が開かれることを教えてくれたのは豊田先生なんだ」

ミコちゃん先生自身は、この講座が開かれることを知らなかったそうだ。今年の夏休みはどこに行こう……と考えていたとき、豊田先生に声をかけられた。曰く、今年の公開講座は恩師が教鞭《きょうべん》を執る。自分は参加予定だが、君も一緒にどうか、とのことだった。

最初は参加するつもりはなかったが、恩師が今年退官することに加えて、他校の名物教授の講座も開かれると知って、俄然《がぜん》興味が湧いた。九月になると末那高の授業が始まるので時間のやりくりが難しいかもしれないが、土曜日と水曜日の夜ならなんとかなるかもしれない。それが無理だとしても、七月、八月だけでも十分有意義だ――

「というわけで、私は目下、教師であると同時に学生でもあるってわけ」

講義を受けるのは久しぶり、最先端の情報が得られてすごく楽しいし、普段教える立場にいる者が、教えられる立場になることで学ぶことは多い、とミコちゃん先生は嬉しそうに語った。

「そうだったんですか……」

「そうだったのさ。とはいえ、もうそれもあと数回で終わり。ちょっと寂しいな」

「また来年、他の講座を受けたらどうですか？」

「それも考えたし、豊田先生もまた機会があったら一緒に行こうって誘ってくださるけど、やっぱりフィールドワークも捨てがたくて」

座学とフィールドワーク、どちらも大切なのだろうけれど、座学は自分で、しかも仕事の合間を縫って補える。けれどフィールドワーク、特にミコちゃん先生が重んじている発掘調査となると、どうしても遠方に出かけなければならず、まとまった時間が必要になる。夏休みという絶好の期間を座学に充てるのは惜しい、とミコちゃん先生は語った。

「でも……せっかく豊田先生が誘ってくれてるのに……」

翔平がぽつりと漏らした一言に、大地はあっけにとられた。

——翔平先輩、そんな自虐的な台詞を吐かなくても……。ここで、ミコちゃん先生が頰を赤らめたりした日には……

ところが、そんな大地の心配はまったくの空振り。ミコちゃん先生は、なにを言ってるんだこいつ、とでも言わんばかりだった。

「豊田先生はたぶんあれだよ、役どころで言えば新入生歓迎会における月島とか水野」

「なんですか、それ？」

翔平は怪訝な顔をしている。だが、大地には心当たりがあった。

「サクラってことですか？」

「ビンゴ。珍しいな、勝山が一発で正解を引くとは！」

それを聞いた大地は、ちょっと嬉しくなってしまった。

これまで鈍いだの察しが悪いだの散々言われてきたのに、いつも大人で冷静な翔平よりも先に正解に辿り着けたのが嬉しくてならない。

――予想外の展開！　これが『恋は盲目』ってやつ？　いや、ちょっと違ったかな……

大地がほけほけと喜んでいる横で、翔平がミコちゃん先生に詰め寄っている。

「サクラってどういうことですか？　ミコちゃん先生、誰になにを売りつけるつもりなんですか？」

「日向、おまえどうしちゃったの？　日本人は大学に入ると馬鹿になるって言われてるが、あれって本当だったのか！」

「ほっといてください。それに、大学に入ると馬鹿になるって言うなら、ミコちゃん先生だって同じでしょ？　今は大学で勉強してるんですから」

「公開講座だよ。大学生になったわけじゃない」

「そんなのどっちだっていいです！」

「まあな。とにかく豊田先生はサクラ……いや待てよ、サクラっていうのはちょっと違うか。友釣りのオトリ鮎っていうほうが正しいか……」

「ミコちゃん先生、それだと俺ですらわかりません。要するに、豊田先生は宣伝しまくったってことでしょ？　たぶん、そのゼミにいた人たちに片っ端から連絡したんじゃないですか？」

「そのとおり。豊田先生は私の三年上だけど、もっと上の先輩に頼まれたらしい。退官する年なのに教室ががらがらじゃ寂しいだろうって。特に、片方は他校の名物教授で抽選になりかねないぐらいの人気。それに引き替えこっちは……となったらいたたまれないじゃないか」

もっと上の先輩、というのは卒業後大学院を経て大学の先生になった人らしく、今でも恩師と連絡を取り合っている。今年退官することも、夏の公開講座を受け持つことも知っていて、なんとか教室を埋めようと躍起になっていたようだ。その先輩から連絡を受けた豊田先生は、断るに断れず、あっちこっちに連絡しまくったのだろう、と彼女は気の毒そうに語った。

「豊田先生は、私が、今でも休みになると現場にこもりきりになるほど研究熱心なことも知っているし、同僚だから声もかけやすかったんだろうな」

「へえ……大学のゼミつながりってけっこう面倒ですね」

卒業してもうずいぶん経っているのに、未だにそんな関係が……と驚く大地に、ミコちゃん先生は、呆れた顔になる。

「大学だけじゃないだろ？　高校だって同じだ。おまえたちだって未だにつるんでるじゃないか」

「あ……そうか」

「な？　ま、卒業したからってはいさよならって関係じゃなくてよかったけどな」

「お待たせしました！」

そのタイミングで注文の品がテーブルに届き、三人は箸を取る。

時計を見るとすでに六時を回っている。急いで食べないと間に合わなくなりそうだった。

「熱っ！」

鶏肉を口に入れたとたんに、ミコちゃん先生が悲鳴を上げた。

彼女が食べているのは『チキン南蛮定食』で、鶏肉が見えなくなるほどタルタルソースがかかっている。大地は、冷たいタルタルソースがかかっているのにこんな声を上げるほど熱いなんてすごい……と感心してしまう。だが、翔平の反応はまったく違った。

「大丈夫ですか？」

その言葉と同時に、空になりかかっていたミコちゃん先生のグラスに水を足す。目の前にピッチャーがあったとはいえ、あまりにも素早い対応で、大地はちょっと反省してしまった。

翔平も颯太も本当によく人を見ている。バイトとはいえ、接客業に就いている身としては見習うべきところだった。もっとも翔平の場合は、相手がミコちゃん先生だったからことさらなのかもしれないけれど……

ミコちゃん先生は氷水で口の中の熱を冷まし、なんとか落ち着きを取り戻した。

「日向、サンキュー助かったよ」

「気をつけてください。ここは揚げたてが売りだって知らないんですか？」

「それぐらい知ってる。揚げたてでタルタルソースの塩加減も絶妙。洋食専門店でもないのにピクルスだってちゃんとしたのを使ってて超おすすめなんだけど、急いでるときには向かない」

「揚げ物で冷めかけを食べるぐらいなら、腹減ったままのほうがマシですよ。なんなら俺のハンバーグと取り替えましょうか？」

「いやだ。一日仕事してきたあとだし、これからだって頭を使うんだぞ。がっつり食べときたい」

「妙齢の女性とは思えない発言ですね」

「おまえだって『妙齢』なんて、二十歳の男とは思えない発言だ。おまえ、本当に年齢詐称してない？」

「ほっといてください！……じゃなくて、急がないと間に合わなくなりますよ。ほら、食べて！」

「お、おう……」

翔平とミコちゃん先生は、またしても立場が逆転したような会話を繰り広げながら、せっせと箸を動かしている。大地は、この会話は今食べているナスの味噌炒めと同じぐらい甘辛いな……などと考えながらふたりの様子を窺う。

一口、二口食べたかと思うと、またミコちゃん先生は話し始める。その度に突っ込みを入れてくる翔平とのやりとりが、面白くて仕方がないのだろう。挙げ句の果てに『食べ物を口に入れたまましゃべるんじゃありません』なんて、翔平に叱られ、唇をとがらせる始末。

ここは調理実習室じゃない。末那高ですらない。それなのにあまりに見慣れた風景に懐かしさを覚える一方で、もしかして俺、邪魔なんじゃ……と思ってしまう。

とはいえ、翔平がひとりだったらミコちゃん先生は誘ってくれたかどうかわからないし、翔平がミコちゃん先生を誘うなんて考えられない。とにかく一緒に飯が食えたんだし、俺がいてよかったんだよな？　と大地は自分を慰める。ミコちゃん先生と豊田先生が一緒にいたのは、単に講習会に出席するためでデートをしていたわけじゃない。それがわかったのだから、翔平の土曜日オールパス状態も、まかない飯の微妙な失敗も改善されるに違いない。

——よかった……これでまた旨いまかない飯が食えるし、翔平先輩も安心して修業に励める！

足早に母校に向かうミコちゃん先生を見送りながら、大地は胸をなで下ろしていた。

次の金曜日、『ケレス』で颯太と顔を合わせた大地は、早速水曜日の顛末《てんまつ》を報告した。ばっちり解決、これで元どおりです、と喜ぶ大地とは裏腹に、颯太は顔を曇らせた。

「うーん……それって、安心していい状況なのかな……」

「え、どうして？　ミコちゃん先生と豊田先生の間には何にもないってわかったんだから、翔平先輩だって平気でしょ？　それに、土曜日ごとの来店は今月いっぱいで終わるんです」

翔平はふたりが一緒にいる姿を見ると動揺して微妙な失敗を繰り返す。だからこそ、土曜日を休んでいるのだから、ふたりが来なくなれば万事解決。どこに問題があるというのだろう。

ミコちゃん先生と別れたあと、大地は再度、翔平に確認した。だが、彼は依然として『告白なんてもってのほか』という姿勢を崩さない。それならそれで仕方がない、翔平の気持ちが変わるまで、このままにしておくしかない、ということで、大地は傍観を決め込むことにしたのだ。

ところが、颯太は例によって、おまえは本当に鈍いねえ……とため息をつく。

「おまえさ、豊田先生の気持ちとか考えたことある？」

「は……？」

「豊田先生にしてみれば、講習会に参加させた時点でミッション完了じゃないか。なにも毎週毎週一緒に飯を食ったり、お茶を飲んだりする必要ないだろう？」

「いや、でも……それは同僚だし……」

「同僚ならよけいに、だよ。学校で毎日顔を合わせるのに、わざわざ外でまで付き合う必要なんてないだろ？　しかも二ヶ月近く、毎週毎週だぞ？　それにあの人って、いっつもミコちゃん先生のほうに乗り出すみたいにしゃべってるじゃないか」

「そうだったかな……」

「俺には、鉄板でフラグが立ってるように見えるよ」

「フラグ!?　それって、豊田先生がミコちゃん先生に気があるってことですか？」

そこで大地は、突然、翔平が怪我をした日、豊田先生とミコちゃん先生のやりとりを思い出した。そういえば豊田先生は、やけに翔平を貶《おとし》めるような発言をしていた。もしも豊田先生がミコちゃん先生を好きだとしたら、あの言動もわからないでもない。好きな人が自分以外の男を褒めるのは面白くなかったのだろう。

「なるほど、それであんなに……」

「なに？　なんかエピソードがあるの？」

颯太に興味津々で詰め寄られ、大地はやむなくその一件について報告した。

「豊田、サイテー！　それでも教師かよ、っていうより大人げない！　人として小さすぎ！」

颯太はぷんすか怒っている。もちろん大地も同意見ではあるが、それよりもミコちゃん先生の気持ちのほうが気になった。

「翔平先輩のことをあんなに褒めるんだから、ちょっとは脈ありですかねえ……」

「だったらいいんだけど、ミコちゃん先生は単にかわいい教え子、しかも部活まで面倒を見た生徒を庇《かば》いたいだけじゃないのかな……翔平には気の毒だけどさ」

「そうか……。俺、颯太先輩のサークルの話を聞いて、それもありだなと思ってましたけど、やっぱり教え子を恋愛対象に見るって難しいですよね」

「うちのサークルみたいなのは例外中の例外だな。たとえ、ミコちゃん先生が豊田先生のことをなんとも思ってないにしても、だからって今すぐ翔平とどうにかなるってのは考えにくい。でも、目の前の問題がなくなるんなら、それでよしとしたほうがいいかも」

あえて討ち死にさせる必要はない。もしも翔平が、今の自分では無理だと思っているのならば、さっさとプロの料理人になればいい。大学を卒業して専門学校に行くとしたら、最短でも五年ぐらいはかかる。その間ずっとミコちゃん先生を好きでいられたなら、そのときは全力でぶつかればいい、と颯太は言う。

「プロになったら翔平だって自信が持てるし、そこまで長く続いた気持ちなら、ミコちゃん先生も真剣に考えてくれるよ」

「そうですね……むしろ今突撃しても『私が縁遠いと思って、からかってんのか！』とか竹刀を振り回されそうですもんね……」

「うわ……まんま、目に浮かぶよ、それ」

颯太は竹刀とは限らない、傘でも、モップでも、手近にある長物《ながもの》なら何でも振り回すだろう、と大笑いだ。普通の相手なら翔平も平然と受け止めそうな気はするが、ミコちゃん先生は剣道二段。その上、自分が好きな女となったら手を上げるわけにもいかず、叩かれ放題になりかねない。それはさすがに翔平が気の毒だった。

「ということで、翔平については、現状維持ってことで」

「了解」

九月のシフトは既に決まっていて、翔平が土曜日に来ることはない。従って、『ケレス』で歓談するミコちゃん先生と豊田先生の姿を見ることはないし、見たとしても講習会のついでだとわかっている。さらに、ミコちゃん先生自身は豊田先生のことをなんとも思っていない。十月からは翔平も土曜日にバイトを入れられるし、まかない飯も元に戻る。

これで万事解決だ、と颯太は嬉しそうに笑った。

ところが、万事解決するはずの十月第一週の土曜日、やっぱり豊田先生は『ケレス』のドアベルを鳴らした。ただ、今までと違ったのは、隣にミコちゃん先生の姿はなく、彼がひとりで来店したことだった。

「いらっしゃいませ」

なんで……？　と疑問符をまき散らしながら、大地は豊田先生の前に水のグラスを置いた。

彼は大地が差し出したメニューを見ることもなく、サンドイッチセットを注文する。

「野菜と玉子。飲み物はホットで」

「かしこまりました」

メニューを回収して戻ろうとしたとき、豊田先生が大地を呼び止めた。

「君、勝山君っていったよね？　今日は何時まで？」

「え……？」

それがあんたに何の関係が？　と言い返したかったが、マスターはこちらを見ているし、客にぞんざいな口をきくわけにはいかない。終わる時間を訊いてくるということは、それ以後、大地に何かをさせたいに決まっている。ミコちゃん先生ならまだしも、豊田先生と一緒に何かをするつもりはない。今日は朝八時から働いているので、シフトでは五時には終わる予定だったが、あえて大地は言葉を濁した。

「夜までです」

「夜って、閉店までってこと？」

「ええまあ」

「それはないよね。十八歳未満じゃないから十時までってこともないだろうけど、どうせ君、朝から働いてるんだろう？　本当は夕方には終わるんじゃない？」

「え……」

「君に訊きたいことがあってね。終わってからでいいから付き合ってくれないかな」

「いや、でも……」

「勝山君、ちょっとお願い！」

そのとき、星野が大地を呼んだ。いつもより少し大きな声だ。客と話し込んでいる大地に苛立っているのだろう。だが、大地にしてみればグッドタイミングもいいところ、これ幸いと豊田先生に一礼、急ぎ足でカウンターに戻った。

「すみません、今すぐ……」

そう言いながらカウンターを見ても、料理も飲み物ものっていない。どうやら出来上がったものを運ばせるために呼んだわけではないらしい。

「大きな声を出してごめん。実は特に用はないんだ。夢ちゃんに頼まれただけで……」

「梅本さんが？」

「うん、彼女、ついさっき休憩を取りに行ったんだけど……」

星野の話によると、夢菜は更衣室兼休憩室に入る寸前に、『なんか、あのお客さん、うっとうしそう……。勝山さんとは知り合いみたいですけど、絡まれるようだったらなんとかしてあげたほうがいいかも……』と言い置いていったらしい。

あの客はこれまでに何度も来ているし、面倒を起こしたこともない。星野は、なぜ夢菜がそんなことを頼んでいくのかわからないままに、客と大地の様子を窺っていたそうだ。

「そしたら君が呼び止められて、おまけになんだか困ったような、怒ったような顔をしてる。このままじゃまずいなと思って、呼んだんだ」

「そうだったんですか……。ありがとうございます。正直、助かりました」

「学校の先生だろ？　なにか問題でも？」

「いえ、終わる時間を訊かれただけです」

「ふーん……飯でも奢ってくれるとか？」

「まさか、そんなに深い関係じゃありません」

「それは残念……」

そう言って星野はにやりと笑う。

どうせまた変なことを想像しているに違いなかった。


「あいつ、なんだって？」

大地が休憩を取ろうと厨房に入って行くと、入れ替わりで店に戻ろうとしていた颯太が訊ねてきた。

「いつ終わるんだ、って訊かれました」

「ふーん……なにか訊きたいことでもあるのかな」

「たとえば？」

「ミコちゃん先生のこととか？」

「そんなの俺に訊くな、って話ですよ」

「だよな。よりにもよって大地に声をかけなくても……。それならいっそ俺に訊けよ。飯でも奢ってくれたらなんでも話してやるのに」

ケラケラ笑いながら出ていく颯太の後ろ姿に、大地は軽いため息をぶつける。

――颯太先輩ぐらい人の扱いが上手ければ苦労はないよな……。豊田先生になにを訊かれても、適当に流せるだろうし、全部ぶちまけてます、って顔で一番大事な情報は漏らさない、なんてこともできる。それどころか、あえて根も葉もないことでも伝えかねない。

おそらく颯太は、翔平と豊田先生はライバル関係にあると見ているのだろう。たとえミコちゃん先生が豊田先生のことを想っていたとしても、翔平に逆転ホームランを打たせるために嘘の三つや四つ、平然と吐《つ》くはずだ。

大地は良くも悪くも素直、感情はそのまま顔に出てしまう。客に理不尽に文句を言われた日など、あっという間に他の従業員にバレてしまうのだ。

『勝山君、お客さんの中には変な人もいる。いちいちまともに反応してたら疲れるだけだよ。それに、そんな仏頂面で接客されては困る』

星野から何度もそんな注意を受けたし、夢菜に指摘されたこともある。なんとか感情を顔に出さない努力を続けてきたおかげで、少しはマシになったとは思うがやはり颯太には敵わない。自分にもあれぐらいの度量があればいいのに、と思わずにいられなかった。

大地は休憩に入り、そのあとは地下フロアに下りた。いつもは一階ばかりなのに地下に回されたのは星野の指示、ひいては颯太の依頼があってのことに違いない。なぜなら、豊田先生がずっと居座っていたからだ。おそらく彼は再び大地に声をかける機会を窺っていたのだろう。

颯太は何度か水を足しに行ったり、空いたグラスを下げに行ったりしたが、豊田先生は颯太に声をかけることなく帰っていった。

ところが、無事仕事を終え、帰宅しようと向かった駅で、大地は再び豊田先生に遭遇することになった。彼は、まるで張り込み中の刑事のように駅の柱の陰から現れ、にやりと笑って言ったのだ。

「やっぱり夜までじゃなかったんだね」

「もう暗くなってます。夜ですよ」

仕事を終えたのは五時だったが、その後しばらく更衣室でしゃべっていたせいで、時刻は既に六時近く、日もすっかり沈んでいた。

「それもそうだな」

「すみません、俺、急ぐんで……」

大地はそう言って改札口に向かおうとした。ところが豊田先生はそんな大地の腕をぐいっと掴んだ。

「まあそう言わず。十分だけ付き合ってくれないか」

ひとりだったら断り切れなかっただろう。だが、そのとき大地は颯太と一緒にいた。

「豊田先生、お話なら俺が聞きますよ」

そう言うやいなや、颯太は大地を改札口のほうにぐいっと押しやった。

「こいつ、今日、お母さんの具合が悪いんです。帰らせてやってください」

そうだったよな？　と念を押され、とっさに頷く。もちろん、そんな事実はない。

確かに大地の母親は健康そのものというタイプではないが、大地が無事に大学に入ったことで気が楽になったのか、このところ風邪を引くこともなくそれなりに元気に過ごしている。そもそも颯太は、大地の母が病弱なことも、最近は体調がいいことも知らない。『具合が悪い』というのは大地を帰らせるためのでまかせだった。

「ということで、豊田先生、この裏に旨いパスタ屋があるんです。そこに行きましょう」

そう言うなり、颯太は豊田先生を引きずるように去って行った。おそらく颯太は、大地では翔平にとって不利になるような発言をしかねないと思ったのだろう。

颯太のことだから豊田先生と別れるなり連絡をくれるに違いない。だが、一時間経っても二時間経ってもスマホはうんともすんとも言わず、颯太から電話がかかってきたのは、夜の十時を過ぎてからだった。

「遅くにごめん」

「いえ、こっちこそすみませんでした。あの、それで……？」

「豊田先生、ガチだよ。相当煮詰まってたわ」

豊田先生は大学生、しかも教え子相手にミコちゃん先生への想いを吐露するほど臆面がない人ではないはずだ。おそらく颯太は、直接的ではない表現からそれを察したのだろう。

「ガチ……って、なにを訊かれたんですか？　あ、翔平先輩のことに決まってますよね」

「ビンゴ。大地にしては上出来」

「具体的には？」

『大地にしては』はスルーかい、と軽く笑ったあと、颯太は豊田先生とのやりとりについて話し始めた。

「豊田先生の甥《おい》っ子が料理好きらしくて、来年の弁当男子コンテストに出場したいって言ってるんだって」

「弁当男子コンテスト⁉」

「な、びっくりだろ？　てっきり、訊きたいのは翔平のミコちゃん先生に対する気持ち話だと思ってたんだけど……」

「なんか、予想外ですね」

「うん。どうやら豊田先生、ミコちゃん先生が包丁部の顧問だからって、甥っ子をネタにアプローチしようとしたみたいだ」

豊田先生が甥っ子の話をしたところ、ミコちゃん先生は包丁部のOBに弁当男子コンテストの優勝者がいると言い出した。それなら参考に話を聞かせてもらいたい、紹介してもらえないか、と頼んだところ、『ケレス』で働いていることを教えられた。本人は厨房に入りっぱなしだけれど、彼の仲間が同じ店で働いているから、そちらに声をかければいい。彼らも末那高の卒業生だし、豊田先生のことは知っているはず、と言われたそうだ。

「うわあ……ミコちゃん先生、ずいぶん乱暴な紹介……」

「それって紹介とは言わないよね。でも俺、それを聞いてちょっと安心しちゃったんだ」

「安心……ですか？」

「うん。だって、その対応を見る限り、ミコちゃん先生は豊田先生のことなんとも思ってないじゃない」

「は……？」

きょとんとしてしまった大地に、颯太は懇切丁寧に説明してくれた。

「相手が少しでも気になる男なら、こんな機会逃すわけないじゃん」

講習会は九月で終わった。もう豊田先生と学校の外で会う理由はない。そこに、教え子を紹介してほしいと言われたら、絶好の機会とばかりにふたりして『ケレス』にやってくるはずだ。それをせずに、仲間がそこで働いているから彼らに声をかければいい、なんて脈なしもいいところだろう、と颯太は言うのだ。

「ミコちゃん先生、たまたま忙しかったんじゃないですか？」

「弁当男子コンテストなんて来年の夏、半年以上先だよ？　それまでに話を聞ければいいんだから、急ぐ必要なんてない。それなのに、考えもせずに丸投げだよ？」

考えもせずに、かどうかは定かではないが、丸投げに間違いない。ミコちゃん先生は特に豊田先生に会いたがっていない、という颯太の意見は的を射ているように思えた。

「なるほど……ミコちゃん先生は豊田先生をなんとも思ってない。だからこそ、豊田先生は必死になってる。でもって、翔平先輩が気になる……いや、それなんかおかしくないですか？」

なぜそこに翔平が出てくるのだ。

ミコちゃん先生は発掘調査が大好きで、暇さえあれば、穴掘りに出かけている。それ以外のことに割《さ》く時間も気持ちもありそうにないし、恋愛なんて自分には関係ないと考えているようだ。たとえ電撃的に恋に落ちたとしても、相手はせいぜい同好の士、教え子なんてあり得ない。それぐらいのことは、豊田先生にだってわかりそうなものだ。

「やっぱり、翔平先輩の話を聞きに来たのは、純粋に甥っ子のためじゃないんですか？　甥っ子に会わせて大丈夫な人物かどうか、とか……」

「それがそうじゃないんだなあ……」

颯太の声に笑いがにじんでいる。おそらく彼は、電話の向こうでほくそ笑んでいるのだろう。

「ミコちゃん先生さ、なんだかやたらと包丁部の話をするらしい」

「包丁部？　翔平先輩限定じゃなくて？」

「そう翔平限定じゃなくて。そこが面白いというか、翔平にはちょっと気の毒なとこなのかもしれないけど」

豊田先生は、ミコちゃん先生は特に熱心に包丁部の指導をしているようには思えない、と考えていたそうだ。調理実習室に行くのは単に試食したいからだろう、と……

「なかなか鋭い、って笑っちゃったけど、そのあとの話を聞いてびっくりした」

もっぱら試食目当て、さらに休日活動しないという都合の良さから包丁部の顧問をやっていると思っていた。だが、学校を離れてプライベートで向き合ってみたら、ミコちゃん先生の口から出てくるのは包丁部の話ばかりだったそうだ。

「豊田先生も戸惑ってたよ。現役の連中だけならともかく、ＯＢの話もばんばん……というか、もっぱらそっちだったんだって」

卒業したばかりの大地や金森の話ならわかる。だが、ミコちゃん先生の話にはその上の学年、つまり翔平や颯太が頻繁に出てくる。口では、あいつらが大学生になれるなら誰でもなれる、とか、入ったはいいが単位がとれずに留年ばっかりになるんじゃ……とか、ひどい言いようだが、とにかく回数が多かったそうだ。

夏の間ずっとそんな調子だったため、とうとう豊田先生も、これはただの教え子以上のなにかがある、と思わざるを得なくなったのだろう、と颯太は推測した。

「豊田先生は包丁部の誰かを疑ってる。でも、絞り切れてない。翔平の名前を出したのはたまたま甥っ子を理由に使えたからにすぎない。それを糸口に犯人を絞り込みたいんじゃないかな……」

犯人ってなんだよ、誰も悪いことなんてしてないじゃないか、と思ってしまう。だが、あの張り込み中の刑事みたいな様子を見たあとでは『犯人』という言葉が出てきても無理はなかった。

「うーん……でもそれってどうなんでしょう。ただ単に他に話題がなかっただけかもしれませんよ」

「話題がないってこともないだろう。豊田先生って同じゼミだったんだろ？　それこそ穴掘り話三昧じゃないか」

「相手は先輩でしょ？　論破されまくって嫌だとか……」

「一理ある。確かに、自分より知識がありそうな人間に語りまくるのは度胸がいる。ましてや同じ専攻だもんなあ……」

それに気付かなかったとは——！　と電話の向こうで颯太が吠えている。声がやむのを待って、大地は質問を重ねた。

「でも、結局のところ豊田先生は、翔平先輩に狙いを定めたわけじゃなくて、弁当男子コンテストを口実に包丁部のOBを探りに来たってことなんですね？」

「誰だ、おまえ……」

こんな理路整然とした奴が大地なはずがない。もしかしたら俺、金森に電話しちゃった？　などと重ね重ね失礼なことを言ったあと、颯太はあっさり同意した。

「そういうこと。ミコちゃん先生は包丁部にご執心。なぜそこまで？　って疑問に思って『ケレス』に来て、おまえに声をかけてみたら、おまえはあまりにも素っ気ない。これはなにかある、って逆に疑惑が高まり、とうとう駅前で待ち伏せ」

「豊田先生ってそういう人だったんだ。なんかもっと大人で冷静な人だとばかり……まるっきりガキみたいじゃないですか」

「だからガチだって言ったじゃないか。そんなことしたくなるほど切羽詰まってるんだよ。ああもう、うちの講師といい、豊田先生といい……」

教師もまた人なり、と否定する気はないけれど、こう立て続けだとじわじわくる、と颯太は嘆く。

そんな颯太をよそに、大地は大いに安堵していた。

「状況はわかりました。翔平先輩の気持ちが誰から見てもバレバレってことじゃなくてよかったです」

「だな。ついでに、豊田先生もミコちゃん先生のターゲットは絞りきれなかったみたいだし。というか、そもそもターゲットがいるとは思えない」

「ええっと……翔平先輩ってことは……？」

「だったらいいけど、正直、ない。でも、そうなると、なんでそんなに頻繁に包丁部の話が出るのか謎なんだ」

颯太は本当に不思議そうに言う。だが、大地はなんとなくその答えがわかるような気がしていた。

「あの、俺、考えたんですけど、ミコちゃん先生が颯太先輩や、俺たちの代の包丁部の話を頻繁にするのは、そのころと今とじゃ、メニューの傾向が違うからじゃないですか？」

定食屋でミコちゃん先生が頼んだのは、がっつりこってりのチキン南蛮定食だった。ホットサンドにしても、オニオンやチーズを増量。つまり彼女は基本的にボリュームたっぷりの料理が好きなのだ。学生時代からお気に入りは剣道と発掘調査、いずれもスタミナ勝負である。

そんなミコちゃん先生にとって、今の包丁部が作る小麦粉中心のちょっとお洒落なメニューは物足りないのかもしれない。

「うーん……なるほどすぎてなにも言えない。いずれにしても、翔平じゃなくて翔平が作る飯ってことだね」

男を摑むのは胃袋から、というのはよく言われる話だが、女性の場合も同じなのだろうか、と颯太と大地は電話の両側でしばし考え込んでしまった。

「ま、まあいい。とにかく、今度、豊田先生に捕まったら大地の意見で切り抜けることにする。『ミコちゃん先生は俺たちじゃなくて、俺たちが作ってた飯が大好きだったんです』って」

「そうしてください。っていうか、次はないと思いますけど」

「だといいな。じゃあ、大地。遅くに悪かった」

そして颯太は、これにて報告終了、とばかりに電話を切った。

第五話

ピリ辛中華の夕べ

「勝山さん、来月の予定ってもう決めました？」

夢菜がそんな声をかけてきたのは十月半ば過ぎ、大地がそろそろ十一月のシフトを決めなくては……と思っていたときだった。

夢菜の言葉を聞いて、大地はちょっと意外な気持ちになる。

これまで夢菜が、大地のシフトの組み方について言及したことはなかった。そもそも誰がどの日に働くかはそれぞれに任されていたし、最終的な調整をするのはマスターである星野の仕事だった。まれに、この日はちょっと手薄だからなんとかならないか、などと言われることもあったが、従業員も慣れたもので、そういう事態にならないようにお互いに気をつけ合っていた。

「まだだよ。なにか調整しなきゃならないことでもあった？」

「あの……勝山さん、映画って好きですか？」

なんでも夢菜は映画鑑賞が趣味だが、使えるお金には限りがある。そのため、同じく映画鑑賞が趣味の友だちとふたりで、試写会や鑑賞券プレゼントに応募し、当たったチケットを融通し合っているのだという。ところが今回、どうした加減かふたりして同じチケットをゲットしてしまった。しかもいずれもペアチケットだそうだ。

「もしよかったら、休みを合わせて一緒に行きませんか？」

余ってるからっていうのも失礼ですけど……と夢菜は少し申し訳なさそうに誘ってくれた。

「そんなの全然気にしないよ。むしろ誘ってくれてありがとう、って感じ。でも、映画が好きな子って、同じのを何回も観たりするんじゃないの？」

「うーん……まあ、ものによっては二回、三回って観ることもありますけど、今回のはそこまでじゃないというか……なんか男性向けっぽいんですよね」

「男性向け？」

「いわゆるアクションものっていうんですか？　そこら中を車でどばばーって走って家とか塀とか壊しまくる感じの……。そういうのって男の人のほうが好きじゃないかなと思って」

「カーアクション系？　だったら好きかも」

「じゃあ、一緒に行きませんか？　実はそれもうすぐ終わっちゃうんですよ……」

そこでようやく大地は合点がいった。

運良くチケットを引き当ててみたものの、公開終了は迫っているし、友だちもチケットを持っている。かといってひとりで二回観るほどのことではない。誰か一緒に行けそうな人間はいないか、と見回してみたら大地が目についた、ということだろう。

なにせ大地は、一円でも多く稼ぎたい颯太や料理人修業中の翔平と異なり、ぎっちりバイトを入れているわけではない。お金は欲しいが、バイトにかかりきりになれるほど学力に自信がないし、親からも釘を刺されている。

大地が働く時間が他のバイトよりも少ないのは、シフト表を見れば一目瞭然《いちもくりょうぜん》。おまけに他でバイトしているわけでもない。ということで夢菜は、この人なら映画を観にいく暇がありそうだ、と判断したのだろう。もちろん、日頃から言葉を交わす機会が多かったせいもある。

女の子から誘われて嬉しくないはずはない。おまけに『男性向けだから』という理由で誘われたということは、他に誘う男がいなかった。つまり、夢菜には彼氏がいない可能性が高いのだ。

これはチャンスだ……と大地は心の中でガッツポーズを決める。

高校時代から今に至るまで、颯太や翔平ばかりではなく他人の恋バナばかり聞かされてきた。それが成就するかどうかはさておき、みんなして次々と恋をして、この世の春とばかりに大地に語って聞かせたのである。一方大地は、自分から好きになることも誰かに好きになられることもないままに高校時代に幕を下ろした。

原因は末那高が男子高で出会いに恵まれなかったことにある、と思っていたが大学、しかも文系で女子がたくさんいる学部に入学しても状況は変わらない。夏が過ぎ、秋が来て、このままではまた一人寂しく冬を迎えることになる、と思っていたところにこの誘いである。

『ケレス』に入って以来、夢菜はなにくれとなく大地の世話を焼いてくれた。ずっと、明るくていい子だなあ……と思っていたし、今はそれ以上の気持ちがある。

わざわざ嫌いな男を誘うはずがないし、懸賞で当たったチケットなら一枚無駄にしたところで懐が痛むわけでもない。それでも誘ってくれたのだから、多少は脈ありと考えていいだろう。

――夢菜ちゃん、かわいいからてっきり男がいると思ってたけど、そうじゃなかったんだな。上手くすれば俺が彼氏になれるかも……

大地は期待たっぷりに答えた。

「ＯＫ、じゃあ俺、梅本さんの都合に合わせるよ」

「ほんとですか？　助かります～」

そして彼女は、既に自分が書き込み済みのシフト表を引っ張り出し、ここらあたりどうですか？　とカレンダーの数字を示す。バイト以外に大した予定もない大地は、即座に了承。ふたりが映画を観に行くのは、十一月第一週、火曜日の夕方ということに決まった。

＊

「勝山さん」

駅前にある犬の銅像の脇、なんとなくスマホをいじっていた大地は、声をかけてきた夢菜の姿を二度見した。

――いやこれ、ちょっとかわいすぎじゃねえ?

『ケレス』で働くときの彼女は、動きやすさを重視したパンツスタイルが中心だったが、今日はスカート姿。スカートの色自体は紺系で地味だが、膝より少し上の丈とたっぷり入ったひらひらがすごく女の子っぽい。とはいっても、それがどこのブランドでなんと呼ばれるタイプのスカートか、なんてことはわからない。雑学に強い颯太あたりだと『お、〇〇の新作じゃん!』とか言って女の子を喜ばせるのかもしれないが、普通の男なんておおむねそんなものだろう。


いずれにしても校内には男ばっかりという高校時代を過ごした大地としては、目の前にスカート姿の女子がいるだけでも体温がちょっと上がる。しかもそれが気になる相手で、これから一緒に映画を観る、なんてシチュエーションときたらテンションマックス状態。うおー、なんだか知らんけど神様ありがとう! と両手を合わせたくなるレベルだった。

そんな大地のときめきには我関せず、夢菜は待ち合わせにおける王道の会話を展開する。


「待ちました?」

「いや、今来たとこ」

「ならよかった。途中で電車が止まっちゃって……」

「ああ、人身事故があったみたいだね。さっき、スマホに遅延情報が流れてきてた」

「そっか……勝山さん、通学にこの路線を使ってるんでしたね」

路線を登録しておくだけで遅延情報が流れてくるんですから便利ですよね、という夢菜の台詞に頷いたあと、ふたりは映画館に向けて歩き出した。余裕を持って待ち合わせていたから、上映開始には間に合うだろう。

映画館までは徒歩で五分の道のりだが、夢菜は歩くのがずいぶん速く、四分かからずに到着した。大地自身、かなり歩くのが速いほうで、誰かと一緒のときは相手の歩調に合わせるのに苦労する。最近では滅多にないことだったが、家族、特に母親と歩くときは、いつの間にか置いてきぼりにしてしまい、散々文句を言われる。そのせいで、歩くスピードには気をつけるようにしていたのだが、夢菜にはその気遣いは無用。普段の大地のスピードでも悠々ついてこられるほどだった。

「梅本さん、歩くの速いね」

「よく言われます。すみません、速すぎました?」

「いや、俺も速いほうだから」

「ならよかった。誰かと一緒のときはなるべく合わせるように気をつけてはいるんですけど、映画だとついつい……」

時間に余裕があるのはわかっているし、席だって事前にインターネット予約しているのに、ついつい早足になってしまう、と夢菜はすまなそうに言う。

「たぶん、映画館って場所にちょっとでも長くいたいんでしょうね……」

「そんなに映画が好きなんだ……」

「映画も映画館も大好きです。なんか映画って、自分が絶対経験できないようなことを疑似体験できるじゃないですか」

「そう言われればそうだね」

「映画をたくさん観れば観るほど、いろんな人生を経験できる気がして……。本でもいいんですけど、映画のほうが入り込みやすいんですよね」

耳からの情報ってけっこう大きいと思いません？　と夢菜はちょっと自分を弁護するように言う。人によっては、本のほうが想像の余地が大きいというだろうけれど、大地も夢菜の意見に賛成だった。

「うん、俺もなんか本よりもテレビとか映画のほうがわかりやすい気がする。本だと名前が覚えきれなくて、こいつ誰だっけ？　と思っても映画なら顔で覚えられるもんな」

「でしょ？　でしょ？」

そこで夢菜はものすごく嬉しそうに頷いた。

「ドラマや映画より本が好きっていう人のほうが頭がよく見られるかも、とは思うんですけど、そもそも私が頭よく見られたいってちょっと無謀というか……」

「俺も、俺も。漢字がいっぱい書いてあるやつとか、たぶん無理」

「大学生でもそうなんだ……じゃあ、私が苦手なのも当たり前ですよね」

「いや、俺って胸張って大学生って言えるほど勉強してないし」

「それでも大学生は大学生です」

「まあ、でも頭がいいとか悪いとかは関係ないにしても、映画館のでっかいスクリーンは迫力あるよね」

たとえ内容は同じでもテレビやＤＶＤで観るのとは全然違う、という大地の意見に、夢菜はこれまでの三倍ぐらいの深さで頷きまくった。

「ですよね！　ですよね！　ですよね‼　よかったー、勝山さんがそう思ってくれる人で！」

夢菜は本当に嬉しそうだった。聞けば、今時映画館に出かけて映画を観る、という行為自体に賛同してくれない友人が多いそうだ。一緒に懸賞に応募しまくっている友人は別にして、それ以外はみんな、映画を観るお金があったら美味しいスイーツとかかわいい雑貨を買ったほうがいいというタイプらしい。これまでも、映画に行こうと誘った結果、多数決で買い物やカラオケになってしまったことが何度もあるそうだ。

いくら懸賞に応募しても必ず当たるとは限らないし、当たらなければお金を払って観るしかない。一ヶ月に一本ぐらいならともかく、観たい映画はいくらでもある。やむなくバイトに精を出し、友だちと遊ぶ時間もなくなって、次第に疎遠になる。

そんなことがもう何年も続いているのだという。

「映画を我慢して、友だちと遊んだほうがいいかなーって思うときもありますけど」

「気持ちはわからなくもないけど、バイトしてまで観に行きたいほど映画が好きなのに、我慢して友だちと遊んだって面白くないんじゃない？」

「ですよねー……。よし、じゃあやっぱり私は我が道を行きます！」

ちょうどそこで映画館に到着。ふたりは券売機でチケット発券の手続きをし、飲み物とスナックを買って席に向かった。正統派映画ファンらしき夢菜が、映画のお供といえばポップコーンです、と主張し、大地は密《ひそ》かに狙っていたホットドッグを断念せざるを得なかった。とはいっても、ホットドッグなら『ケレス』で食べるべき、そのほうが断然美味しいんですから、という彼女の意見は十分に説得力のあるものだった。

ちなみに、飲み物とポップコーンの代金は大地の奢り。夢菜は遠慮しまくっていたが、相手は年下、女の子、プラス鑑賞券をもらったのだから当然のこと。支払いを終えてなお、懸賞で当たった券なのに……と申し訳なさそうにしている夢菜は、彼女のスカート以上にかわいかった。


「いやあ……ど迫力だったね」

「アメリカの映画ってやっぱりすごいですね。日本だったら絶対ＣＧ使ってる場面でも、普通に撮ってますし」

「きっと予算もたくさんあるんだろうね」

「でしょうねえ……」

普通の街中を車が爆走しまくる映画を堪能し、エンドロールの最後まできちんと見届けたふたりは、そんな会話を交わしつつ、外に出た。

辺りはすっかり暗くなっていたし、時間的にも夕食時。ポップコーンを食べただけのお腹《なか》は、そろそろなんか食わせろ、と騒ぎ始めていた。

「梅本さん、晩飯はどうするの？　なんだったら……」

一緒に……と大地が言う前に、夢菜はぴょこんと頭を下げた。

「ごめんなさい！　今日は家で食べるってお母さんに言ってきちゃったんです」

夢菜によると、彼女の両親は共働きで、夕食の時間は遅めらしい。それでもいつもはバイトで一緒に食べられないが、この時間ならなんとかなりそう……と言われてしまえば、引き留めるわけにもいかない。

映画のあとは食事かお茶でもしながら感想を語り合う、という展開はないんだな……と少々、いや、かなり残念に思ったものの、大地は潔く足を駅に向けた。

改札に向かう夢菜を見送り、さて、これからどうしよう……と振り向いたところで、大地は後ろから来た人にぶつかった。もちろん、すぐに謝る。

「すみません」

「こんなとこで突っ立ってんじゃねえよ！」

そんなに勢いよくぶつかったわけじゃない。混雑時にはよくある程度の接触事故だというのに、相手の口調はやけに乱暴だった。しかも、なんだか知らないが、こちらを睨み付けてくる。世の中にはいろいろな人がいる。苛立ちを縁もゆかりもない人間にぶつけることで、自分のうさを晴らす奴だっているのだろう。目の前の男もきっとそんな奴に違いない。

なんだよ、こいつ……とは思ったものの、悪いのは急に動いた自分だし、こちらは楽しい時間を過ごしたあとで気持ちにゆとりもたっぷりある。今日のところは勘弁しておいてやらあ！　なんて心の中で呟きながら、大地は再度頭を下げ、早足にその男から離れた。一瞬、さらに追跡されていちゃもんをつけられるかもしれないと思ったが、男はそのままホームに向かっていった。なにか面白くないことでもあったのかなーなどと考えながら、大地は運行案内板に表示されている時刻を確認した。

——七時半か。どうしようかな……母さんには飯はいらないって言っちゃったし……

家に帰れば食べるものぐらいあるはずだ。口では面倒だの何だの言いながらも、母ならなにか作ってくれるだろうし、自分で作るという手もある。だが、夢菜と過ごした時間の余韻を消したくない。大地は食事をどうするか悩みながら、やってきた電車に乗り込んだ。

手持ちぶさたにスマホをいじっていた大地は、聞き慣れた駅の名前がアナウンスされたことに気付いた。少し考えたあと、その駅で降りることにする。なぜならそこは『金森堂』がある商店街の最寄り駅だったからだ。

電車を降りた大地は、高校二年の夏、散々通った商店街に向けて歩き出した。

とはいっても、目的は『金森堂』ではなく、同じ通りにある中国料理店。末那高時代、新入生歓迎会で点心を作ったときにお世話になった店である。

本格的な飲茶《ヤムチャ》ワゴンを使っているぐらいだから、値段もそれなりに高級だが、炒飯《チャーハン》や天津飯《てんしんはん》といったご飯物や麺類であればびっくりするほどでもない。バイトで稼いでもいるし、なにより今日は大変気分がいい。漱石《そうせき》の一枚や二枚、ばっちこいだぜ！　と勢い込んでやってきたのだ。

金森は大学入学後も、家の手伝いを続けている。近頃では少し経営も持ち直し、僅《わず》かながらもバイト代を出してくれるようになったらしい。

小遣いをもらってるのと変わらなくて、ちょっと気が引けるんだよ……なんて笑っているあたり、相変わらずの『キングオブいい人』ぶりで、大地は時々たまらなく彼に会いたくなる。駅からは『金森堂』のほうが遠いにもかかわらず、中国料理店を通り越して『金森堂』に行ってしまったのはそのせいだろう。

『金森堂』の入り口から中を窺うと、金森は店の奥で商品補充をしていた。

「かっなもり――――！」

「あ、勝山君！」

大地の声で顔を上げた金森は、予想以上に嬉しそうな声を上げた。

大学生になっても彼の風貌……というか服装は全然変わらず、正直言って垢抜《あかぬ》けない。関東ダサい大学生選手権、新人賞ぐらい余裕で獲得しそうな大地としては嬉しい限り。ただでさえご機嫌だったのに、それまでの二倍ぐらいにこにこしながら、大地は店に入っていった。

「久しぶりー。そろそろ閉めるとこ？　手伝おうか？」

『金森堂』の閉店は午後八時である。商店街の小さな金物屋だし、客の入りによって多少前後することはあるが、八時になる少し前には閉店準備を始める。表に出ている立て看板や幟を片付けたり、レジの集計をしたりするのだが、一番大変なのは店頭にあるセールワゴンの撤収だった。

「マジ？　助かるよ～。今日、親父がなんだかの会合で早上がりしちゃってさ」

学生の息子に店を預けて呑みにいくってどういうことだ、と文句を言いながら、やっぱり金森は笑っている。この笑顔がなあ……とほっこりしつつ、大地は金森とともに閉店準備を始めた。

一ヶ月少々の短期間とはいえ、連日店を手伝っていたのだから慣れたものだった。

「お疲れさま。おかげですごく早く終わったよ。大感謝！」

「どういたしまして」

「にしても、グッドタイミング。ちょうど連絡を取ろうと思ってたんだ」

「え、なんか用事があった？」

「うん、実は……って、ちょっと待った、勝山君の用事が先だった。今日はどうして？」

何か特別な用件でもあったのか、と金森に訊かれ、大地は首を横に振った。

「特に用ってわけじゃないんだ。久しぶりに本格中華でも食おうかと思って……。でも、話があるなら先に聞くよ」

「え、でも、お腹すいてるんじゃない？」

手伝わせてごめん、と恐縮しまくりながら、金森は店の奥にすっ飛んでいった。戻って来るなり、大地に紙切れを押しつける。

「これ、使って」

「なに……？　お、クーポン券じゃん。ラッキー！」

「ちょっと前にもらったんだけど、使う機会がなくてさ」

美味しいのはわかってるし、目と鼻の先なのにね、と金森はちょっと残念そうに言う。

もらったばかりのクーポン券には『五目炒飯半額』『麻婆豆腐《マーボー》半額』『担々麺《タンタンめん》半額』『餃子《ギョーザ》無料』の文字。さらに、『一回の来店につき、使用はお一人様一枚限り』とも……

「なあ金森、せっかくだから一緒に行かねえ？　半額炒飯ぐらいなら奢れるし」

もともと食べるつもりで来ているし、クーポン券で半額になるなら金森の分まで出したとしても、払う金額は同じだ。さらに大地は、その店は火曜日がサービスデーで、一テーブルに一皿餃子が付いてくることも知っていた。目当ての料理が級友と一緒に食べられ、しかも支払いは一円も増えない。映画といい、晩飯といい、今日の俺は大ラッキーと踊り出したいぐらいだった。

金森は最初、申し訳ないからと断った。だが、そもそもおまえのクーポン券だし、食べながら話も聞ける、どうしても気になるなら、デザート代でも出してくれ、という大地の言葉に満面の笑みで頷いた。

「あの店、料理が旨いのはもちろんだけどデザートも侮れないよ。おすすめは杏仁豆腐《あんにんどうふ》」

「えー俺、あのアーモンドっぽい匂い、ちょっと苦手なんだけどなあ……」

「あそこのはあんまりアーモンドっぽくないよ。でもまあ、嫌いなら胡麻団子にしたら？」

「あ、それいいな。懐かしいなあ……胡麻団子」

新入生歓迎会のときだけではなく、末那高祭でも胡麻団子は登場した。

大地と金森は胡麻団子の担当で、膨大な数の胡麻団子を作り上げた。餡がはみ出すだの、胡麻がうまくつかないだのと大騒ぎ、終了後はもう胡麻団子は見たくない、とへたり込んだのも今となってはいい思い出だ。

「末那高祭のときは、胡麻団子なんて一生ごめんだ、って思ったけどな」

「人が作ってくれるのは別なんじゃない？　それにあのときの胡麻団子は市販の餡だったけど、店で出てくるのは本格的なやつだからね」

同じようなレシピとはいえ、プロが作るのは全然違う。そんなことは言われるまでもなかった。

「そりゃ楽しみ。じゃあ俺は五目炒飯……」

「勝山君、五目炒飯は食べたことあるの？」

「あるよ。めっちゃ旨いよな」

「うん。超おすすめ。でも、食べたことがあるなら今日は麻婆豆腐にしたら？」

辛いのは苦手じゃなかったよね？　と金森は少々心配そうに訊いてくる。

ポケットに七味唐辛子の瓶を潜ませ、ありとあらゆるものに振りかけまくる、とまでは言わないけれど、大地はかなりの辛い物好きだ。カレーも麻婆豆腐も家で作るときは絶対に辛口、と母に頼むほどだった。

「辛いのは得意」

「じゃあ麻婆豆腐にしなよ。あの店のは絶品だし、ご飯とスープもついてくるよ」

「マジ⁉　そういえば麻婆豆腐は大好きだけど、ちゃんとした中国料理店のって食べたことないんだよな。よし、決めた！　俺は麻婆豆腐と胡麻団子」

「僕も……といいたいとこだけど、それじゃあつまらないから担々麺と杏仁豆腐、あと……」

「餃子は半分こ！」

大地の元気な声で注文は確定。『金森堂』のシャッターをがらがらと下ろし、ふたりは数軒先にある中国料理店に向かった。

店員にテーブルに案内されるなり、金森はさっさと注文を伝えた。

「五目炒飯と担々麺、餃子をひとつずつ。あと、胡麻団子と杏仁豆腐をお願いします」

「胡麻団子と杏仁豆腐は食後でよろしいですか？」

「それで」

「かしこまりました」

金森のオーダーを正しく暗唱し、店員は厨房のほうに戻っていった。

大地は先に話を済ませようと思っていたが、平日の夜で客が少なかったせいか、料理は瞬く間に出てきてしまった。しかも、ドリンク付きで……

「えーっと、飲み物は頼んでないんですけど……」

戸惑う金森に、店員はにっこり笑って言った。

「金森堂の息子さんですよね。飲み物はサービスです。いつもお世話になってるからって、店長が……」

そう言われて店内を見回すと、飲み物を出すカウンターのそばに男がひとり立っていた。金森がぴょこんと頭を下げたところをみるとあれが店長だろう。

「ラッキーだったね」

「金森様々だよ」

クーポン券だけでもありがたいのに飲み物までサービスしてもらえた。それもすべて金森のおかげだ。俺は今日、すべての運を使い果たしたのではないか。あるいは、明日以降、とんでもなく悪い出来事が連発するのではないか、と心配になるレベルだった。

だが、金森はそんな心配ないよ、と笑う。

「この店ね、うちのおかげでちょっとお客が増えたらしいんだ」

「うちって金森堂?」

「じゃなくて末那高、いや包丁部だね」

「は？」

金森曰く、新入生歓迎会と末那高祭で出した点心が大好評で、ただの高校生にどうしてこんなに旨い点心が？　と散々訊ねられたそうだ。接客をしていた不知火は、日頃の鍛錬の成果です！　と胸を張ったそうだが、優也はあっさりプロの中国料理人のレシピだとばらしてしまった。

高校生にも簡単に作れるようにアレンジされたレシピでこれほど美味しいのなら、本物はいかばかりか……と思った人間が『桂花飯店《けいかはんてん》』を訪れ、そのまま定着したそうだ。

「味には自信がある。来て食べてもらえば美味しいのはわかってもらえるはずだけど、来店のきっかけを作るのは難しい。包丁部がそのきっかけを作ってくれた、ってこの店の人は思ってくれてるみたいだよ」

「へえ……なんか、嬉しいね」

「うん。クーポン券を持ってきてくれたり、飲み物をサービスしてくれたりするのもそのせい。だからなんとなく悪くてさ……」

それで足が向かなくなっていたんだ、と金森は苦笑いだった。

「そういうことか……じゃあ、悪かったな、誘っちゃって」

自分の顔は知られていないはずだ。ひとりで来れば、店に余計な気を遣わせることもなかっただろうに……と大地は後悔することしきりだった。

「まあいいよ。毎日、サービスを目当てに押しかけて来るわけじゃないんだもん。たまのことなんだからありがたくいただいちゃおう」

いただきます、と両手を合わせたあと、ふたりは料理を食べ始めた。

麻婆豆腐は家で母が作るレトルトのやつとは全然違い、挽肉《ひきにく》たっぷり、豆腐たっぷり、おまけに辛い物好きを自認する大地ですらヒーヒー言うほど辛さもたっぷりだった。しかも、それほど辛いのにもかかわらず、ちゃんと旨みも感じられる。

これでご飯が少なければ辛さを持てあましたかもしれないが、ご飯だってたっぷり……というか、お櫃《ひつ》ごと出されておかわりし放題。茶碗もふたり分出してくれたおかげで、大地と金森はセルフで麻婆丼を作製、わしわしと食べ進んだ。その時点で金森の言う『連絡を取ろうと思ってたこと』などそっちのけ、食べること以外考えられなくなっていた。

辛さと旨さの共存は担々麺についても同じで、少し味見させてもらった麺は腰がしっかりある細麺。細麺好きの大地は大喜びで、それをおかずにまたご飯をおかわり。かなりたくさん入っていたのに、お櫃はすっかり空になってしまった。

「あー旨かった！　しっかし、口の中がひりひりする……」

「どっちも旨いんだけど、ふたつ重なるとちょっときつかったかな……」

麻婆豆腐と担々麺の辛さがなかなか消えていかず、ふたりが難儀しているところにデザートが届けられた。

「助かったー！」

地獄で仏、といわんばかりに金森がスプーンに手を伸ばした。杏仁豆腐には、甘そうなシロップがこれまたたっぷりかけられていて、真ん中の赤いクコの実がかわいらしい。

――ああ、すっげえ旨そう……俺もせめてマンゴープリンとか、冷たくてすべすべ系にしておけばよかった……いや、この胡麻団子もすごく旨いんだけどさ……

そんなことを思いながら見ていると、金森は杏仁豆腐をきっちり半分にわけ、取り分けた皿を大地に差し出した。

「胡麻団子も食べたいから、とりかえっこしてよ」

「おう！」

胡麻団子は二個セット、一個はすでに大地の胃の中だ。餡は胡麻の香りがたっぷりで、これぞ正統派胡麻団子、というべき一品だった。だが、これをもう一つ食べるよりも、今は杏仁豆腐のなめらかさが恋しかった。

残りの一個を即座に金森に差し出し、大地は杏仁豆腐をスプーンですくい取った。なめらかな舌触りとシロップの上品な甘さは、麻婆豆腐と担々麺の辛さに攻めまくられた身にひどく優しく、こんなに旨い杏仁豆腐は食べたことがないと思うほどだった。

「前言撤回。俺、ここの杏仁豆腐なら五皿ぐらい平気でいける」

「だろ？　独特のアーモンド香が足りないっていう人もいるらしいけど、僕もこれぐらいのほうが好きなんだ。ということで、おすすめしたわけです」

「食わず嫌いはよくないね」

「ましてや僕たちは、包丁部出身だしね……あ、そうだ、包丁部と言えばさ」

そこで金森は、ようやく『連絡を取ろうと思っていた話』を始めた。なんでも昨日、優也と不知火が『金森堂』にやってきたそうだ。蘇我の包丁研ぎ修業が一段落したあと、包丁部の面々とはすっかりご無沙汰だっただけに、金森も驚いたらしい。

「あいつら、何の用事だったの？」

「それがさあ……なんだか不知火君がパニクっててね」

「不知火が？　それはちょっと見てみたい……」

冷静かつ言葉巧みな皮肉屋――それが不知火の印象だった。その不知火がパニックを起こしたなんて、珍しすぎる。間近で見てみたいと思っても責められないだろう。だが、『キングオブいい人』は大地とは違う意見だった。

「珍しいのは珍しいけど、あそこまであたふたしてるとやっぱりちょっと気の毒だったよ」

「そうか……そんなにか……」

「うん。来るなり『ミコちゃん先生がミコちゃん先生が……』って」

「ミ、ミコちゃん先生⁉」

ここでもミコちゃん先生か！　と頭を抱えそうになる。

豊田先生の聞き込み調査はあったものの、十月に入ってからはミコちゃん先生たちが『ケレス』に来ることもなくなった。翔平の片想いは現状維持となり、やれやれと思っていたのにまたしてもミコちゃん先生の話が登場……大地はちょっとうんざりだった。

とはいえ、翔平の片想いについては金森の知らない話だ。わざわざ話すことでもないし、ここはひとつ……ということで、大地はおとなしく話の続きを待った。

「不知火君、ミコちゃん先生が異動しちゃうかもしれないって心配してた」

「イドウ？」

ミコちゃん先生がまたどこかに穴掘りに行くのだろうか？　でもそれは今に始まったことではない。不知火がパニックを起こす理由などない。きょとんとしてる大地を見て、金森ははっとして言い直した。

「場所を移る移動じゃないよ。職場を変わるほうの異動」

「転勤のこと？」

「そうそれ。不知火君たち、ミコちゃん先生が結婚しちゃうかもしれないって心配してた」

「そんな話が出てるのか？」

「先生同士が結婚したら、どっちかが異動になる。たぶん、ミコちゃん先生のほうだろうって、不知火君たちは心配してる」

先生同士の結婚で片方が異動になるというのはよく聞く話である。だがそれは、同じ職場に勤めている場合に限られる。不知火たちが心配しているとなると、相手の顔はひとりしか浮かばなかった。

「もしかして、ミコちゃん先生の相手って……豊田先生？」

「そのとおり。最近、豊田先生のアプローチがけっこうすごいんだって。ちょくちょく包丁部にも顔を出すらしい」

ミコちゃん先生は普段は社会科教員室にいる。豊田先生も同じ部屋にいるのだから、用があるならそこで話せばいいのに、わざわざ調理実習室にいるときに限って、ミコちゃん先生に声をかけに来るそうだ。

「それも、大して急ぎでもない用事ばっかりなんだってさ。で、あれやこれやと部員たちにはわからないような話をいっぱいする。まるで自分たちの仲の良さを見せつけてるみたいだ、と不知火君はご立腹」

「なんじゃそりゃ……」

「挙げ句の果てにミコちゃん先生をつれて教員室に帰って行く。ちょっと感じ悪いよね」

もともとミコちゃん先生が調理実習室にいる時間は長くない。お説教しなければならないことでもない限り、料理が出来上がったころに現れて、ぱぱーっと食べて去って行く。それでも、調理実習室で過ごす間は、包丁部員たちと和気藹々《わきあいあい》、それなりに楽しい時間を過ごしていたのだ。

それが豊田先生の登場でぶちこわし、しかも恋人きどりの口をきかれた日には、ミコちゃん先生ファンクラブの不知火は面白くないに決まっている。

「そんなのミコちゃん先生が追い払っちゃえばいいじゃないか」

「それがあの人、なんにも言わないんだってさ。やっぱり豊田先生は年上だし、大学の先輩じゃない？　あんまり無下《むげ》にもできないんだろうね」

「めんどくせえ……」

「その上……」

「まだあるんかい！」

「あるんだよ。水野君によると、豊田先生、包丁部の顧問になりたがってるらしい」

「はあ⁉　意味不明すぎ！」

頼むからわかるように説明してくれ、と懇願したくなる。金森はそんな大地の思いを察したように、ゆっくり経緯を説明し始めた。

「豊田先生曰く、ミコちゃん先生は末那高に来てからもう長い。そろそろ異動になるかもしれない。そうなったら顧問がいなくなるし、包丁部も困るだろう。顧問はひとりって決まりはないんだから自分が顧問になれば、万が一ミコちゃん先生がいなくなっても大丈夫だろう。年度末に急にってわけにもいかないから、今のうちに……だってさ」

「馬鹿じゃねえの！　そもそもあの人、バドミントン部の顧問だろ？　それってただミコちゃん先生とくっつきたいだけじゃん！」

「運動部と文化部だから兼任できると思ってるんじゃない？　今の調子で押しまくられたら、ミコちゃん先生だってふらっとなるかもしれない。ふたりがくっついちゃったらどっちかが異動になる。そうなったら年数が長いミコちゃん先生が動くことになりかねない、っていうのが後輩君たちの不安の正体」

「そこまで心配になるような話を、豊田先生が吹き込んでるってことか……」

それが本当だとしたら、どこまで性格が悪いんだ、と歯ぎしりしたくなる。

ミコちゃん先生については、顧問以上の思い入れがない大地でもそうなのだから、不知火の心境はいかばかりか、である。ミコちゃん先生が異動するにしても、タイミング的には不知火たちの卒業後のことになる。それがわかっていても、卒業後に末那高を訪れたときにミコちゃん先生がいないということ自体、寂しくてならないのだろう。優也だって同様、目の前で起こりかけている顧問問題が気にならないはずがない。

「で、ふたりして僕のところに来たわけ。どうしたらいいだろう、って……」

「どうにもならないだろ、そんなの」

「だよね。たぶん、話を聞いてもらいたかっただけだと思う」

とっさに大地は、なんでそこで金森なんだ、元部長は俺なのに……と思ってしまった。金森は微妙に顔を曇らせた大地を見て言う。

「まあそんな顔しないで。彼ら、本当は勝山君に会いたかったんだと思う。勝山君っていうか、日向さんと月島さんも合わせた三人かな。でも、三人に会うには時間を考えて場所を選ばなきゃならない。その点、僕ならずっとここにいるじゃない。客だって大して来ないしね」

「そうかな……やっぱり頼りになるのは金森ってことなんじゃないの？」

「ご心配なく。僕は間に合わせで、メインは大地先輩、翔平先輩、颯太先輩の三人。金森『さん』じゃなくてね」

結局、僕は最後まで『先輩』じゃなくて『さん』付けだったよ、と金森は少し寂しそうに言った。

「馬鹿者！　妬《や》くな！　まあ水でも飲め！」

大地は冗談めかして、金森のグラスにピッチャーの水を注ぐ。どうか自分の顔が嬉しそうに見えませんように、と祈るばかりだった。

「しょうがないよね、付き合ってる時間も密度も全然違うし」

「おまえには、バレー部の後輩だっているじゃないか」

大地たちの卒業式のあと、バレー部の後輩たちは金森の学年章を奪い合って大変だった。人数が多い上に学年章は一個しかない。幸い優也や不知火は大地がダブルで持っていた学年章で満足していたが、もしも彼らが争奪戦に参加したとしてもゲットすることはできなかっただろう。途中退部したにもかかわらず、金森はそれほどバレー部の後輩に慕われていた。

「ってことで、納得しとけ」

「了解」

「で、金森は話を聞いてやっただけ？　それともなんか言ってやったの？」

「とりあえず、豊田先生の舌がどれほどのものか調べたら？　って」

「舌？」

ミコちゃん先生が包丁部の顧問をしているのは、なにも彼女の舌が神様並みに鋭いからではない。部として成立させるためには、部員の数だけでなく顧問の存在だって必須だ。たとえミコちゃん先生が呆れるほどの馬鹿舌だったとしても、名簿の顧問欄に名前を入れてくれるならそれでよかったのだ。だから、豊田先生の舌がミコちゃん先生ほど鋭くなくても顧問が務まらないというわけではなかった。

ところが金森は、にやりと笑って言った。

「事実はそうなのかもしれないけど、豊田先生はそんなこと知らないだろ？　だったら、多少フェイクを入れたっていいじゃないか」

包丁部は、万年腹減り状態の男子高校生をいかに速やかに満足させるかに主眼を置いている。もちろん、ただ腹が一杯になればいいということではなく、旨くなければならない。そのために、飲食店や料理本を参考に、自分たちでも『簡単に』作れるようレシピのアレンジに励んでいる。

ミコちゃん先生の鋭利な味覚はそのために大変重要な役割を果たしているが、豊田先生にそれができるのだろうか――

「……という感じでいいと思うんだけど？」

「外れずとも近からず……」

反射的に大地の口から出た言葉を聞いて、金森が爆笑した。

「不知火君が暴れそうな発言だね。当たらずとも遠からず、ってのは聞いたことあるけど……」

「だってそうとしか言いようがねえじゃん。それとも出鱈目《でたらめ》って言ったほうがいい？」

「まだそのほうが日本語としては正しいね。でもさ、僕たちが気に入らないから、っていうよりずっとマシだと思う。現に、水野君たちは納得して帰ったし」

「あいつら馬鹿すぎ……」

よりにもよって俺に馬鹿扱いされるなんて……と自虐的なことを思っていると、スマホにSNSのメッセージが入ってきた。相手は目下話題の後輩だった。

「あ……優也」

「ほらきた。きっと、今の件だよ。早く見てやりなよ。志望校決めで大変な時期なのに、こんなに必死になっててかわいいじゃない」

本来なら一分一秒でも惜しい時期なのに、と金森は同情的だ。あいつらはそこまで受験に真剣じゃないのでは？　と思いつつ画面を開いてみると、内容は大地たちの予定を問うものだった。

「『先輩方のご意見を賜りたい』だとさ。金森の案で納得したならそれでいいのに」

「ただ会いたいだけなのかもね。付き合ってやりなよ」

会いたいだけ、というのはなんともくすぐったい言葉だ。理由もなく会いたくなる相手と認定されて嬉しくないわけがない。大地にとって金森、そして翔平や颯太がそうであるように、優也たちにとっての自分もそんな相手かもしれない。そう思うと相談の順番など、どうでもよくなってくる。

思いっきり崩れそうになる相好《そうごう》をなんとか保ちつつ、大地は答えた。

「……わかった。明日はバイトだし、ちょうど翔平先輩と颯太先輩も来る日だから訊いてみる」

「上手くいくといいね。あ、それと、心配しなくても豊田先生とミコちゃん先生がくっつくなんて話にはならないから」

「なんで？」

「ミコちゃん先生のタイプって、豊田先生みたいな人じゃないよ」

金森はそう言い切る。根拠が不明すぎて、大地は目をぱちくりさせてしまった。

そもそもいくら特進クラスの優秀児といえども、女性の好み、特にミコちゃん先生のタイプまでわかるのだろうか……

だが、金森はさらに自信満々で付け加えた。

「ミコちゃん先生はたぶん『正々堂々』が好きだと思う。策を弄して裏でごちゃごちゃ……なんて一番嫌いなタイプじゃないかな」

そう言われればそうかもしれない。だとすれば、豊田先生なんて論外だ。なんせ、教え子のバイトが終わるのを待ち構えて聞き込みをしたり、包丁部の部員たちの印象操作をしかけたり、裏でごちゃごちゃしまくっているのだから……

「……ってな話を、日向先輩にも伝えてあげてよ。こんな話を聞かされたら、あの人、気が気じゃなくなるだろうから」

——恐るべし金森！

その一語に尽きた。大地は、翔平のミコちゃん先生に対する想いについて、なにひとつ金森に伝えていない。にもかかわらず、彼はそれを察していた。もしかすると金森は、在学中から翔平の想いに気付いていたのかもしれない。だとしたら、その察しの良さは颯太レベル……いや、接した時間を考えればそれ以上だった。

「そろそろ出ようか」

金森が、ポケットから財布を出しつつレジに向かった。

店に入ってから既に一時間、時計の針は九時を回っている。帰宅する頃合いだし、これ以上の長居は店に迷惑だと判断したのだろう。大地は慌てて後を追い、最初の約束どおり、料理の代金を支払った。金森もすんなりデザート分だけを出し、会計は無事終了。大満足で、ふたりは外に出た。

「じゃ、気をつけて帰ってね。みんなによろしく」

「おまえも来れば……ってわけにはいかないか……」

「うん。水野君たちは早くけりをつけたいだろうし、僕は今週はずっと店番なんだ」

「そっか……じゃあ、今度、ちゃんと予定を合わせてみんなで会おう」

「うん」

大地の言葉に嬉しそうに頷いたあと、金森は『金森堂』に戻っていった。

翌日『ケレス』に出勤した大地は、まず颯太に声をかけた。優也たちの相談の中身が中身だけに、翔平より先に伝えるべきだと考えたからだ。ついでに金森の見解についても、颯太の意見を聞きたいと思った。

ところが、更衣室で颯太に話をしようと思ったとたん、彼は目をらんらんと輝かせて質問してきた。

「昨日、どうだった?」

「え……?」

金森と会ったことをどうして知っているのだろう、と疑問に思うまもなく、次の質問がくる。

「やるじゃん、大地。夢ちゃんとデートしたんだって?」

「えーっと……」

大地は返事に困った。

あれをデートと呼んでいいのだろうか。夢菜と映画を観に行ったのは間違いない。女の子とどこかに出かけるなんてイベントはここ数年なかったのだから、大地にとっては大事件だ。それなのに、夢菜はあっさり食事もせずに帰って行くし、変な男にもガンつけられた。金森と話したことで、微妙ながっかり感は消えたにしても、大地が期待した展開ではなかったことは確かだ。少なくとも夢菜は、あれをデートとは考えていないように思えた。

大地の戸惑いをよそに、颯太は嬉しそうに訊いてくる。

「告《コク》られたりした？　大地にもようやく春？」

「ありませんって！　梅本さんはただチケットを無駄にするのがもったいなかっただけです」

「またまたー。それにしたって、わざわざおまえを誘ったんだから、ちょっとはなんかあるだろ」

「俺が一番暇そうに見えたんじゃないですか。それより！」

自分で自分の台詞に傷つきながら、大地は強引に話題を変えた。

「豊田先生、えぐいなあ……」

「えぐいって……。でも、俺もそう思います。でもって、金森……」

「すごいよね、彼は。さすが現役国公立組。学力と人間の機微を察する力って比例しないことが多いけど、彼の場合は見事に正比例だ」

俺たちとは比べものにならない、と颯太はため息をつく。

友人を褒められて嬉しい反面、自分との差に落ち込みそうになる。同じ幼稚園から始まった関係なのになあ……もっとも俺、全然覚えてなかったけど、と大地が苦笑いしている間に、颯太はシフト表を調べ、後輩たちに会えそうな日を選び出した。

「土曜の夕方とかならなんとかなりそうだけど、優也たち大丈夫かな。この時期ってけっこう日曜に模試とか入ってるよね？　前日は避けたほうがいいか」

「この期《ご》に及んで一夜漬けとかやってそうですもんね……いっそ平日のほうがいいかも。塾の前かあと」

「となると……水曜かな。三人とも休みになってる」

「優也に訊いてみます」

メッセージを入れてみた結果、優也と不知火も大丈夫、大地たちよりも一時間遅れで出勤してきた翔平も問題ない、ということで、元包丁部のミーティングは水曜日の午後五時から、末那高近くのファストフード店でということに決定した。

後輩たちの相談が、ミコちゃん先生と豊田先生がらみであると知った翔平の反応が気になったが、彼は例によって表情を変えず、なにを考えているかはわからなかった。

「翔平先輩、大丈夫ですかね？」

「……たぶん。金森の説で安心したんじゃないかな」

「ならいいですけど」

日取りを決めたあと、翔平はいつにもまして無口になっている。もしかしたら彼は、『正々堂々』がミコちゃん先生のタイプだとしたら、自分はそれに当てはまるのだろうか、とでも考えているのかもしれない。

裏で画策するタイプじゃないことは確かだが、翔平は翔平で外から見たらなにを考えているのかわかりにくい男だ。竹を割ったような性格、という表現がぴったりのミコちゃん先生にしてみたら、面倒くさいと思うかもしれない。

いずれにしても翔平には勝手に自己分析してもらうことにして、後輩たちの不安を取り除くのが先決だった。

「大地先輩、こっちです！」

学ラン姿の後輩たちに呼ばれ、大地はファストフード店のボックス席に足を向けた。

どこにでもあるハンバーガー屋だが、この店は客席が広く、男五人でもゆったり座ることができた。颯太と翔平はまだ来ていないが、彼らに遅刻癖はないからもうすぐ現れるだろう。

優也と不知火が揃って頭を下げる。

「お忙しいのに申し訳ありません」

「あはは……実はそんなに忙しくないんだ。とりあえず、なんか食おうか」

「あ、大地先輩の奢り？　やったー！」

優也は勝手に大地に奢らせることに決め、メニューを眺め始める。

「えーっと、ダブルチーズとフィッシュとポテトとナゲットと……」

「水野君、そんなに食べたら眠くなるよ。塾で寝ちゃったら困るだろ！」

「確かに、眠くなるのは困るな。じゃあ優也、ドリンクだけにするか？」

「平気ですよ、ハンバーガーのひとつやふたつやみっつやよっつ」

「じゃあ僕も～」

「おまえら、どんだけ食うんだよ！」

そんな会話を交わしつつカウンターで注文していると、ちょうど翔平と颯太が入ってきた。

「お、もう揃ってたか」

「翔平先輩！」

優也がぱっと顔を輝かせた。やはり、このメンバーにおける翔平の存在感は圧倒的で、その場に現れただけで安心させるものがあった。

「大丈夫だよ。うちの学校、廃部ラインを行ったり来たりの部に顧問をふたりもつけるほど、教員に余裕なんてないもん」

まずは颯太がそう言い、続いて翔平が優也たちの不安をばっさり切る。

「そもそも部活の顧問なんてみんな嫌がってる。学生時代からずっと続けてきたスポーツとかならまだしも、文化系の部活はとりわけスルー奨励で顧問のなり手なんてない。そんな中で、自分から部活の顧問につきたいなんて言い出した日には、十中八九、そんなに文化部に興味があるなら吹奏楽部に行ってくれって言われるはずだ」

合宿もコンクールもない、長期休暇中の活動はないから指導も必要ない。そんな包丁部に顧問を複数つけるぐらいなら、引率や楽器の運搬が大変な吹奏楽部の顧問を増やしたほうがいい。末那高の吹奏楽部は大所帯だし、男性顧問はひとりもいない。優先順位はそちらに決まっている、と翔平は言い切った。

「でも、豊田先生本人の希望は？」

「それに、本当にミコちゃん先生が異動になっちゃったら……」

「そのときはそのとき。先生の異動は毎年あるけど、既にある部に後任の顧問がつかなかった、なんて話にはなってない。学校だって少しは考えてくれてるんだよ。万が一、ミコちゃん先生が異動したとしても、誰かが顧問になるさ」

「そうそう。なんなら、その時点で豊田先生に頼むって手もある。ま、そんな裏工作する奴、俺なら絶対パスだけど、いないよりはマシじゃない？」

颯太は至って気軽にそんなことを言う。所詮、自分たちは卒業生、優也たちにしても来年の春には卒業してしまう。そこまで包丁部のことで悩む必要なんてない、とでも考えているのだろう。気持ちはわからないでもない。大地自身、半分ぐらい、なるようにしかならないのでは？　と思っている。だが、在校生の気持ちを考えたらそこまで言い切ることはできなかった。

案の定、不知火が嚙《か》みついてくる。

「月島先輩はそうおっしゃいますけどね！　毎日毎日、まとわりつかれるミコちゃん先生が気の毒じゃないですか！　木田君たちだってろくにミコちゃん先生と話せないって……」

「え、これまでそんなに話してたっけ？」

思わず突っ込んでしまった大地は、即座に不知火に睨み付けられた。

「僕たちまではそうだったかもしれませんけど、木田の代になってからはけっこうあれこれ相談に乗ってもらってるんですよ」

「相談⁉」

大地は思わず素っ頓狂な声を上げた。

「ミコちゃん先生って、ほぼ百パーセント、食い逃げだったじゃん！」

匂いを嗅ぎつけて調理実習室に現れ、ぱーっと食べて、旨かった、ごちそうさん！　と去って行く——それがミコちゃん先生だ。

包丁部の活動について相談に乗ってもらったのは、末那高祭でスコーンにそえたクロテッドクリームもどきの配合ぐらいで、あとは記憶にない。部長が代わったからといって、彼女の姿勢が変わるとは思えなかった。

だが、優也はあからさまにため息をつき、恨めしそうに先輩三人を見た。

「木田たち……っていうか、俺たち以降の部員は翔平先輩の味をほとんど知らないんです。だから、作った料理がちゃんとできてるかどうか検証できないんです」

「いやでも、そのためにレシピってものが……」

卒業するにあたり、翔平と颯太はふたりがかりでそれまで作ってきた料理のレシピを文書化してくれた。それに従って作れば、『翔平の味』を再現することは難しくない。現に、大地が部長を務めた一年間はそうしてきたのだ。

ところが優也は、そこから認識が違うと主張した。

「はっきり言って、日向先輩たちが作っていってくださったレシピ、調味料の量とかかなりいい加減だったじゃないですか。そりゃあ、颯太先輩は相当頑張ってくださったみたいですけど、それでもかなりの部分で『目分量』って書かれてます。あれでちゃんと再現できたのは、俺たちが翔平先輩の味を知ってるからです。でも、木田たちはそうじゃない。イマイチぴんとこないと思ってもどう直していいのかわからないんです。そんなときにミコちゃん先生が来て……」

「これは醬油が足りない、とか、砂糖が多すぎる、とか？」

大地の台詞に、優也と不知火揃って頷いた。

「それでちょっとずつ加減して、ようやく『あ、これ旨い』ってなるんだそうです。先輩たちには申し訳ないんですけど、木田たちは今、一生懸命、翔平先輩のレシピに書き込みしてます。元々の味を知らない者にとって、調味料の量が正確じゃないレシピは……」

翔平がとたんに申し訳なさそうな顔になった。

「役に立たない、か……。もっともだ。いや……すまん」

颯太も唸っている。

「ごめん……途中まではけっこうマジに調味料の量も書き込もうとしてたんだけど、時間が足りなくなっちゃってね。結局、調味料の量よりも、レシピの数を優先しちゃったんだ」

「いや、悪いのは俺です。次の部長なんだから、俺がちゃんと書き加えとくべきでした」

「勝山先輩、それは僕たちも同罪です。結局、作り方と食材だけ書いてあればなんとかなると思い込んでたんですよ。それが大間違いだったって気付いたのは引退してから。亡羊捕牢もいいところです」

ぼうようほろう……おそらく後の祭りと同じような意味だろう。まったくそのとおりだ、と大地は落ち込みを隠せない。

誰が作っても同じ味になるように書かれていないとレシピは意味をなさない。翔平と颯太がレシピの作成を思いついたのは卒業間際だったから、時間的に考えて未完成はやむを得ない。完成させる責任は、包丁部を引き継いだ自分にあったのだ。にもかかわらず、まあこんな味だったよな、を繰り返し、加筆することなんて考えもしなかった。大地がそんな姿勢だったから、優也たちもそれを踏襲、木田の代になって問題が発覚したときには時既に遅し、だった。

優也たちの引退後、包丁部はレシピの完成の必要性を痛感し、ミコちゃん先生の記憶と舌を頼りに加筆作業を始めている。ミコちゃん先生の存在価値は、優也たちまでの代とは雲泥の差。だからこそ、木田たちは焦り、優也も心配しているのだろう。単に、俺たちのミコちゃん先生を返せ！　なんて子どもみたいな独占欲だとばかり思っていた大地は、目を開かれる思いだった。

「そういうことだったのか。俺はてっきり……」

「レシピの件がなければ、僕たちだってここまで焦ったりしませんでした。いや、確かに他にも思うところがないわけじゃありませんけどね」

不知火は、僅かに顔を赤らめながらも話を続けた。

「日向先輩のレシピは、包丁部に代々受け継がれるべきものです。豊田先生にミコちゃん先生を引っ張っていかれると、レシピはいつまでも完成しません。異動の可能性があるなら、なおさらレシピの完成を急がなければならないのに……」

「……ということなんです。おわかりいただけましたか？」

「がってん……」

大地がどこかのクイズ番組みたいなフレーズを呟いたところで、颯太が口を開いた。

「要するに、レシピが完成すればいいってことだよね？　だったらそれは、やっぱり俺と翔平の仕事みたいな気がする」

「いやそこは俺だろ。颯太は……」

「共同責任だよ。俺たちがやり遂げられなかったのが悪いんだから」

翔平と颯太は互いに譲ろうとしない。押し付け合いならよくある話だが、自分の責任にしたくて言い合うのは珍しい。いずれにしても、時間の無駄だった。

「今更そんなこと言い合っても仕方ありません。もういっそ、先輩の責任として俺たち三人でレシピを完成させませんか？」

「大地にしては妥当な意見だな」

「だね。幸い俺たちはバイト先も同じ。まかない飯ってことで、レシピにある料理を片っ端から作っていけばいいしね」

「今だってあのレシピに載せた料理はけっこう作ってる。そんなに難しいことでもない」

「ってことで、ＯＫ？」

颯太が、確かめるように優也と不知火を見た。だが、ふたりはとんでもない、と言わんばかりに首を横に振る。

「先輩方に今更そんなこと頼めません！」

「でも、困ってるんでしょ？」

「とりあえず、現役の連中に頑張らせます。調味料の量でどれぐらい味が変わるかって、包丁部なら知っておくべきことです。それを勉強する機会を奪うわけにはいきません」

「僕もそう思います。だから、もういっそレシピの完成を表に掲げて、正々堂々豊田先生の排除に励むことにします」

包丁部には秘伝のレシピ完成という急務がある。豊田先生は翔平の料理を知らないし、そもそもミコちゃん先生みたいな神の舌がない。レシピ完成の役に立たないし、あれこれ話しかけられるのは邪魔。ミコちゃん先生が異動したとしても、あとの顧問についてはそのときに考える。第一、年度途中に顧問が増えるなんて聞いたことがない――

「って、感じで突っぱねちゃえばいいと思うんですよね」

不知火は、そう言ってにやりと笑った。

おそらく彼は、金森の助言と今までの会話を統合して、豊田先生撃退のためのトークを思いついたのだろう。すべて誰かの意見とはいえ、ひとつにまとめ上げたのは見事だった。

「うん。それでいいと思うよ。あと、ミコちゃん先生にも、それをちゃんと伝えておくこと。それでもレシピが完成せず、なおかつミコちゃん先生が異動になってしまったときは、遠慮なく言ってきて」

「そのときは、責任持って俺が完成させる」

「俺たち、って言ってください。三人でやりましょう」

「そうだな……」

「また、三人で!!　ミコちゃん先生が動くとしたら来年です。そのときには俺たちだって大学生になってるんだから、俺たちも参加しますよ！」

「僕も！」

おまえらふたりとも『ケレス』で働く気かよ……と脱力したものの、大地は五人が揃った『ケレス』の厨房を想像する。それぞれが計量カップやスプーンを手に、ああでもない、こうでもないとさぞや賑やかなことになるに違いない。

元末那高包丁部に厨房を占拠された荒川はどんな顔をするだろう。仕事場でなにをやっているんだ、と怒るだろうか。それとも、翔平がこっそり颯太の分までまかない飯を作っていたころと同様に黙認、あるいはのりのりで参加してくるかもしれない。なんといっても荒川は、翔平のまかない飯がお気に入りだから……

そんなことを考えていると、不知火と優也がすっくと立ち上がった。

「じゃあ僕たちはこれで！」

「まずは受験を突破しないと！」

「お？　おう……頑張れ！」

そして、目下『ケレス』でバイト中の三人は、決意も新たに塾に向かう後輩たちを見送った。

「……てか、いくらあいつらが働く気でも、『ケレス』が雇うとは限らないよね」

「来年の春、卒業して辞めそうな奴は何人かいるが、その場合はまともに募集するしなあ……」

『ケレス』は学生の間で人気のバイト先だから、倍率はかなり高くなる。翔平も大地も急な欠員補充だったから、内部からの推薦で押し込むことができたが、正規の募集となったらそうはいかない。この先も緊急での募集がないとは言いきれないが、ふたり同時は難しい。

「まあ、五人揃うなんてことはなさそうだな……」

「だよねえ……」

翔平と颯太は等しく『残念無念』という表情を浮かべている。おそらく自分も同じ顔をしているのだろうな、と思いつつ、大地は空の容器やハンバーガーの包み紙がのったトレイを片付ける。

かつては当たり前だった『みんなで料理』。だが、末那高を出た今となっては、そんな場も、機会を得ることも難しい。

――あれは高校時代限定の思い出、もうあんな時間はやってこない。そう思うと寂しいけど、俺が同じ大学に進んだわけでもない翔平先輩や颯太先輩と過ごせているだけでもラッキー。普通は卒業したら段々離れていくもんなんだよな。ま、別れがあるからこそ出会いもある。ってことで、新しい出会いに期待かなあ……

そう思ったとたん、頭に膝より少し上の丈の紺色のスカートが浮かんだ。そういえば、あのあと夢菜に会っていない。今度会ったらどんな顔をしよう。次は俺から誘ってみるかな……と大地はひとり顔を赤らめる。

翔平と颯太の怪訝そうな顔に気付くことなく、大地はスカートの主について考え続けていた。

第六話

愛情たっぷりオムライス

ひとりの男子高校生が『ケレス』にやってきたのは、十一月末のことだった。

彼は紺のブレザーとネクタイ、グレーのスラックスという、今は主流となりつつあるスタイルの制服でドアベルを鳴らし、まっすぐにカウンターに向かってきた。

「バイト、募集してませんか?」

いきなりの質問だったが、こんな風に雇ってほしいと言ってくる大学生、高校生は多く、マスターの星野は慣れっこだった。

「ごめんね、今のところ人は足りてるんだ」

たいていは、その一言で諦めて帰って行く。だが、彼はしぶとかった。

「辞める予定の人とか、いないんですか? 大学生なんかで、学校の勉強について行けなくなってバイトどころじゃない、とか……」

そういいつつ、彼はカウンターの脇に立っていた大地に目を走らせる。しかも、その視線は妙に鋭く、半ば睨み付けるような感じだった。その視線になんだか覚えがあり、大地はまじまじとその高校生を見つめた。

——なんだよ、こいつ！　前に俺にぶつかってきた奴じゃん！

夢菜とカーアクション映画を観たあと、改札前に立っていた大地にぶつかってきた男だった。自分からぶつかってきたくせに、まるで大地が悪いような口ぶりで怒鳴られた。あのときは制服姿ではなかったけれど、眼差しとへの字に結んだ唇が特徴的で、あの鬱憤《うっぷん》をすべてぶつけてきたような声と鋭い眼差しも合わせて、記憶にしっかり残っていた。

さらに彼は言い募る。

「女と遊び回って、勉強はほったらかしーみたいなのいそうですけど？」

彼は、依然として大地から目を離さない。まるで、こいつがそのいい例だ、とでも言いたそうな様子に、星野も戸惑っているようだ。

一度ぶつかりはしたが、関わったことがない相手なのは確かだ。なぜこんな悪意を向けられるのかわからない。大地は困惑し、ただ黙って星野を見つめ返した。星野は、大地の表情から心当たりがないことを読み取ったのか、また高校生に視線を向けた。

「まあ、そういう学生が出てくる可能性はゼロじゃないけど、今のところは大丈夫。人を募集するときはにネットに出すし、表にも張り紙をするから、そのときにまた来てください」

星野に、いつも『ケレス』がアルバイト募集に使う求人情報サイトの名前を教えられ、彼は残念そうに帰って行った。

ふう、とため息をついて星野が言う。

「あの子……たぶん夢ちゃんと同じ学校だな」

「そうなんですか？」

「女子と男子で制服はちょっと違うけど、ネクタイが同じだ。見た感じ、学年も同じみたいだね。にしても変だな……」

「なにがですか？」

「ワイシャツにしっかりアイロンがかかっていたし、スラックスの折り目も消えてなかった。靴だって人工皮革じゃなくて本革だったし、そんなにお金に困っているうちの子には見えない。夢ちゃんみたいに映画を観るお金が欲しい、なんて理由でもない限り、バイトする必要なさそうなんだよね。その上、求人もしてない店に押しかけて来るなんて……」

「梅本さんの知り合いで、一緒に働きたいとか……」

彼は夢菜の友だちなのかもしれない。彼が、駅まで並んで歩いてきた大地と夢菜を見ていた可能性はある。もしも彼が夢菜になんらかの思いを抱いているとしたら、仲良さそうに歩いてきて改札で手を振って別れた男を睨み付けたくなる気持ちもわかる。

彼は夢菜に近づきたくて、同じ場所でバイトしようと試みた。ダメ元で突撃してきたら、その店にいたのは前に夢菜と一緒に歩いていた男……となれば彼の反応も頷けた。

「なるほど。でも、やけに勝山君を睨んでなかった？　なにか恨みを買うような覚えでも？」

そう言うと、星野は見慣れたにやにや笑いを浮かべた。変な想像をされたくなくて、大地は夢菜と映画を観に行ったことを伝えた。

「要するに恋敵《こいがたき》認定？　夢ちゃん、人気者だし無理もないか」

大地の話を聞いた星野は、なんだかとても嬉しそうだった。我が子がもてるのが嬉しい父親、といったところだろう。だが、勝手にライバル認定されてしまった大地は困ってしまった。

「いや恋敵とか言われても……。あのときの俺、穴埋め要員みたいなものだったんです。終わったあとだってそのまま別れて、飯すら一緒に食ってないし」

「おやま、残念。でもいいじゃん。どうせこのあと、さっきの子と会う機会なんてないだろうし、夢ちゃんの彼氏と見られるなんて光栄だろ？」

「それはそれで大変じゃないですか。下手をしたら『ケレス』の梅本さんファンクラブ全員を敵に回すことになりかねません」

「あ、それはもう手遅れ。一緒に映画を観に行っただけでもアウト、バレたら袋だたき確定」

「うへえ……」

カウンターの内と外で、そんな会話を展開しているところに、当の夢菜が入ってきた。あ、まずい……と一瞬慌てたが、夢菜は大地どころではない慌てようだった。

「マスター！　さっき、うちの学校の子、来ませんでした？」

「男の子だろ？　来たよ。うちで雇ってほしいって」

「はあ⁉　ばっかじゃない！　あいつのうち、厳しくてバイトなんてさせてもらえないくせに！　もう……なにやってんのよ！」

いつもとまったく違う、怒り心頭の様子に大地はあっけにとられる。もちろん、星野だって、誰かを罵《ののし》る夢菜なんて見たことがないに違いない。幸い、カウンターに常連は……というか、一階フロアにはほとんど客がいなかったため、夢菜の罵詈《ばり》雑言《ぞうごん》を聞く人はいなかったが……

「ゆ、夢ちゃん……落ち着いて」

星野はグラスに水を入れ、とりあえずこれでも……、と夢菜に差し出す。

夢菜は相当喉が渇いていたのか、すみません、と礼を言い、一息にそれを呑み干した。

「大丈夫？」

「ありがとうございます。今日、ホームルームがちょっと長引いて遅れそうだったから、学校から走ってきたんです。そしたらあいつが店から出てきたのが見えて……」

夢菜は角を曲がって通りに入ったところで彼を見つけた。だが彼は夢菜がいたのとは反対、駅に向かって去って行った。遅刻寸前の夢菜は追いかけるわけにもいかず、そのまま店に入ってきたらしい。

「ということは、やっぱり知り合いなんだね？　クラスメイト？」

「……でもあるし、幼なじみでもあります」

――これって、颯太先輩の言うところの『鉄板フラグ』ってやつじゃ……

クラスメイトで幼なじみ。家がバイトを許さないことまで知っていて、なおかつ男は大地にガンつけてくる。さも、何でおまえが一緒にいるんだ、と言わんばかりに……

ときたら、いかに鈍い大地でもふたりの関係を察しないわけにはいかなかった。

「梅本さん、彼と付き合っ……」

ところが、大地が言い終わらないうちに、夢菜はきっぱり否定した。

「付き合ってません！　あいつにはちゃんと彼女がいるんです。しかも、超かわいい後輩。バイトだってきっとデート代ほしさですよ。私が働いてる店なら、お母さんたちを説得しやすいとでも思ったんじゃないですか。あのクソやろう！」

「夢ちゃん、とりあえず鞄《かばん》を置いてきたら？」

恐れをなした星野に更衣室に行くように促され、夢菜はなおもぷんぷんしながら厨房に続くドアを抜けて行った。

「大噴火だったね……」

「びっくりしました。梅本さん、あんなところもあるんだ……」

「なんだろうねえ……あ、そうか、夢ちゃん、片想いなんだ！」

例の彼には既に彼女がいる。しかも、相手は年下で『超かわいい』子だ。彼が好きな夢菜は、毎日ふたりがいちゃつく様を見せられるだけでも耐えかねているのに、あまつさえ男は同じところでバイトしようと企んだ。いずれはかわいい彼女も一緒に……と考えているのかもしれない。

そんなのやってられるか！　となって大噴火――

星野は勝手にそんなストーリーを作り上げ、むふふ……なんて気持ち悪く笑った。

この人はもういっそ、喫茶店の店主なんてやめて小説でも書くべきじゃないか、と感心するほどの想像力である。

まさかそんな……という気持ちと、ちょっと待て、それじゃあなぜ俺はあいつに睨まれたんだ、という疑問がぶつかった。

夢菜が彼を睨むのならわかる。だが、大地が彼に睨まれる理由はない。あるとしたら、幼なじみの独占欲、あるいはそれを超えた何かだろう。

もしも彼が『超かわいい』彼女と別れたら、夢菜は彼にアタックするのだろうか。もしかしたら、自分はただの当て馬だったのかもしれない。あの日、夢菜は精一杯かわいい恰好でやってきた。大地自身、服装には気をつけたし、端から見ればデートに見えたかもしれない。

――万が一、あいつが俺と梅本さんを見たのが偶然じゃなかったら……？

彼の鞄から覗いていた黄色いパンフレットは、夢菜が嬉しそうに買い込んでいたものと同じではなかったか。夢菜は彼が観に行くと知っていて、同じ日、同じ時間に自分を誘ってきたのでは？

現実的に考えれば、そんなことはあり得ない。予定を決めたとき、夢菜は大地に都合に合わせてくれたと記憶している。このあたりがいいですかねーと、日にちだけは指定したような記憶はあるが、時間については大地に任せたのだ。例の男と居合わせたいなら、すべて彼女が指定したはずだ。

――全部偶然だ。梅本さんはそんなことをするような子じゃない。あいつが俺を睨んだように見えたのも、俺の思い込み。ただ目が悪くて睨んだように見えただけかもしれない。そうに決まってる。

夢菜のイメージを守るため、そして自分の中にあるピンク色の想いを大事に育てるために、大地は必死で自分にそう言いきかせた。

しばらくして更衣室から出てきた夢菜はいつもどおりの笑顔だった。きっと、一生懸命気持ちを落ち着かせてきたのだろう。その後、大地や星野はもちろん、夢菜自身も幼なじみについて触れることなく、時間が過ぎていった。

すべては自分、そして星野の想像。夢菜は単に、幼なじみが自分のバイト先に乱入してきたことに腹を立てていたにすぎなかったのだ。

大地はそう判断して胸をなで下ろしていた。

＊

夢菜の幼なじみが『ケレス』に来てから一週間ほどが過ぎた。

その日は、大地と夢菜は揃って午後九時までのシフトだったため、仕事を終えた大地は、帰り支度をしている夢菜をお茶に誘ってみた。

前に映画に行ってから一ヶ月が過ぎている。また誘われないかと期待していたが、その気配はなく、それならこちらから……と思ってのことだった。立ち仕事で足は疲れているし、夢菜が時々帰宅前にコーヒーショップに寄っていることは知っている。一緒にお茶を飲んだところで、帰宅が遅くなって叱られる心配はないだろう。

夢菜はちょっと迷うような素振りをしたが、やがてこっくり頷いた。その真剣な面持ちに、大地はちょっと嬉しくなる。このところ大地は、かなり頑張って自分の気持ちをアピールしていた。テレビで上映された映画についての感想を語り合うのは当然として、時にはテレビにとどまらず、彼女が観ていそうな映画をレンタルしたり、好みに合いそうな試写会のチケット懸賞に応募したりもした。彼女と話を合わせるために、今や大地はちょっとした映画フリークになっていた。

翔平や颯太は、今まで取り立てて興味を示さなかったにもかかわらず、いきなり映画に熱中しだした大地を生ぬるい笑顔で見守っている。星野はさらに想像を膨らませ、今や『妄想』の域に達しているほどだ。彼らですら、大地の気持ちの真意を読み取っているのだから、観察力に優れた夢菜が気付かないわけがない。

——梅本さんは、俺の告白を待っているのかもしれない。それならいっそ、今日……

まずは軽くお茶でも、と思っていた大地は、急展開を迎えそうな事態にどきどきしてしまう。

それでも、精一杯平静を装いつつ駅前のコーヒーショップに入る。カウンターで大地がカフェラテ、彼女がキャラメルラテを買ったあと、空いていたソファ席に腰を下ろした。

「お疲れさん、今日は忙しかったね」

「グループ客が多くて、もうへとへとです。普通の平日なのに」

「どっかでイベントでもあったのかな」

「かもしれませんね」

そんな当たり障りのない会話を続けたあと、大地は話題を映画に向けた。

いきなり告白というのは唐突すぎるし、ここはひとつ慎重に行きたい。今日の当初の目的は、彼女を映画に誘うことにあり、告白するにしてもその反応を見て……と思ったからだ。

「来月、いい映画がたくさんあるみたいだけど、戦況はどう?」

十二月から一月にかけては年末年始ということもあって、彼女が好きそうな映画が何作も上映される。資金繰りを考えれば全部を見ることは難しい。おそらく映画好きの友人とタッグを組んで懸賞にも応募しまくっているはずだが、少しは当たったのだろうか……

大地の問いに、夢菜は深いため息で応えた。あまり当たらなかったんだな、と思っていると、どうやらそうではないらしい。

「けっこう当たったんですよ。五作応募して、三作まで……」

「へえ、すごいね……そんなに当たるものなんだ」

「そんなわけないじゃないですか。五作中ひとつかふたつ当たればラッキー。ひとつも当たらないことも多いんです」

そう言いつつも、夢菜はなんだかとてもつまらなそうな顔をしていた。もしかしたら、一番観たい映画が当たらなかったのかもしれない。だとしたら、大地にとってはそれこそ大ラッキーだった。

「そういえば、刑事物の映画も封切りになるけど、あれは?」

その映画はシリーズ物で、夢菜は主演男優の大ファン。なにを置いても見たいと考えているはずだ。案の定、彼女はテーブルから身を乗り出すように食いついてきた。

「そうなんですよ! あれは絶対外せません。そう思って友だちにも頼んで、一生懸命応募したんですけど全部駄目だったんです。自腹で観るしかないんですけど、来月はとにかく出費が多くて……」

「え、でも……」

五作応募して三作は懸賞で当てた。刑事物は残りの二作のうちのひとつだろうけれど、両方観るとしても高校生料金ならたかがしれている。バイトをしている夢菜にしてみれば、出せない金額ではないように思えた。

首を傾げている大地に、夢菜はこれまた深いため息をついた。

「映画って、友だちと行くと入場券代だけじゃすまないんですよね」

いつも一緒に懸賞に応募したり観に行ったりしてくれる友人は、確かに映画好きではあるが、夢菜と違って、使えるお金の全部を映画に突っ込もうとはしない。映画の前やあとで普通に買い物をしたり、お茶を飲んだりしたがるし、時には食事もする。たとえお互い様で、当たった鑑賞券を融通し合っているにしても、映画を観終わったらはいさよなら、というわけにもいかない。そういった付き合いにけっこうお金がかかるのだ、と夢菜は嘆いた。

「というわけで、月に五作も映画を観ようと思ったら、相当大変なんです。自腹で観るときはひとりで行くし、極力出費を抑えて、飲み物だって我慢しちゃいますけど、友だちがいるとそういうわけにもいかないし」

——これはラッキーな展開だ！

大地はそう思わずにいられなかった。

実は、大地は彼女が当たらなかったという刑事物の映画の鑑賞券を持っていた。夢菜がこの映画を絶対観たがると思い、家族の名前まで使って応募しまくったからだ。

彼女が当たっていれば無駄になるが、そのときはそのとき、と割り切った。第一、懸賞への応募はインターネットでできたし、大した手間ではなかったからだ。もしも自分も夢菜も当たらなかったら、そのときは奢りで誘うつもりだったが、彼女がそれを受けてくれるとは限らない。だが、懸賞で当たったものなら、気軽に来てくれそうな気がしたのだ。

これは神様が味方してくれている、と判断した大地は思いきって切り出した。

「あのさ、俺、その映画のチケット持ってるんだ。他のグッズが欲しくて応募したら、欲しいのは当たらずに、チケットが当たっちゃって。でもまあ、俺もその映画は好きだし、よかったら一緒に……」

「ひっこめよ、おっさん！」

そのとき、横から怒りに耐えかねたような声が聞こえた。

驚いて目を上げると、そこにいたのはつい先日『ケレス』で働きたいと言ってきた男子高校生、つまり夢菜の同級生兼幼なじみだった。

「辰也《たつや》！　あんた、何でこんなとこにいるのよ！」

「うっせえな！　今何時だと思ってんだ！　おまえがいつまでも帰ってこねえからおばさんが心配して……」

「嘘ばっかり！　母さんはあたしのバイトが終わる時間はちゃんと知ってるし、今日はお茶飲んで帰るって連絡もしてあるもん！　第一、遅くなったからってあんたに連絡するわけないでしょ！　あんたこそ、遊び回っててちっとも帰ってこないっておばさんが愚痴りまくってたわよ！」

さっきまで、相当大変なんです……と嘆きまくっていた姿はどこへやら。夢菜は辰也とかいう幼なじみをこき下ろしていた。

「俺のことはほっとけ！　なんでこんな奴と……」

「こんな奴なんて失礼でしょ！　この人は、バイト先の人で……」

「知ってるよ！　でもおまえ、こいつと映画を観に行ってたじゃないか。おまけにこんな時間に一緒にいるし」

「映画って……」

「おまえ、嬉しそうにこいつと映画館から出てきたじゃねえか！」

「見てたの⁉　最低！　それがどうしたのよ、あんたに関係ないじゃん！　あんたには彼女がいるんだから、あの子のことだけ気にしてればいいでしょ！」

「梅本さん、もうちょっとテンション下げて」

店内の客が、いや店員まで含めたみんながこっちを見ていた。やむなく大地は夢菜を制止し、テーブルの脇に突っ立っている辰也にも声をかけた。

「とりあえず座ったら？」

『うん』でも『すみません』でもない。ただ黙って辰也は夢菜の隣に腰を下ろした。そのまま、向かいに座っている大地を睨み付けてくる。

——なんだこれ……。俺、もしかして痴話喧嘩ってやつに巻き込まれてる？

そうとしか思えなかった。

辰也には彼女がいるという。だが、今の様子を見る限り、辰也は夢菜が大地と一緒にいることが不満でならないらしい。しかも映画の件に言及しているところをみると、あの日、改札前でぶつかってきたのも、睨み付けてきたのも、相手が夢菜と一緒にいた男だと認識した上でのことらしい。夢菜は夢菜でいちいち辰也の彼女を持ち出す。彼女がいながら幼なじみが気になる男と、そいつに片思いしている女の子……目の前にあるのはそうした情景としか思えなかった。

「あんた、こいつを映画に誘おうとしてただろ？　でも無駄だから」

「ちょっと辰也！」

「確かにこいつは映画が好きだから、奢ってやるって言ったらほいほいついて行くかもしれない。けど、それだけだから。こいつの頭、映画のことだけしかねえから！」

いったん映画が始まれば、没頭しまくって隣に誰がいるかなんて忘れてしまう。どうかすれば、映画の世界に酔いきったままひとりで帰ってしまう。一緒に来た誰かなんて、置き去りで……

辰也はしきりに、誘いを受けたとしてもそれはただ映画代を払ってもらいたいだけで、相手に特別な感情を持っているからじゃない、とまくし立てた。

おそらく、これは経験談。夢菜と映画を観に行って忘れ去られた相手というのは彼自身に違いない。ということは、かつてふたりはカップルで、なおかつ映画が原因で別れた。自分は新しい彼女を作ったにもかかわらず、夢菜と出かける男が出現していきり立っている――状況からして、そうとしか思えなかった。

辰也のあまりにもひどい言いように、夢菜は呆然としている。大地を彼女から遠ざけたいあまり、夢菜を貶めていることに気付いていない。それぐらい必死な辰也の姿に、大地は乾いた笑いを浮かべるしかなかった。

「えーっとね……辰也君。俺は別にそれでもいいんだけどね」

「え……？」

「梅本さんが映画を好きなのは知ってる。梅本さんは一生懸命仕事をしてるし、お客さんの評判だってすごくいいんだ。学校が終わってまっすぐに店に来て、遅くまで働いて、それで稼いだお金を全部映画につぎ込むぐらい、映画が好きなんだよ。映画を観てる梅本さんはすごく楽しそうで、こっちまで嬉しくなる。だから、映画に没頭してそのまま帰っちゃうほど気に入ったのなら、それでいいんじゃないかな」

「勝山さん……」

「でも、せっかく一緒にいるのに！」

「まあね。でも、それって、安心して自分の世界に浸れるほど気を許せる相手だってことじゃないの？」

大地と一緒にカーアクション映画を観た日、夢菜は大地の存在を忘れたりはしなかった。映画の途中でも、『今のって、ちょっと……』とか『かっこいいですね！』とか、小声で話しかけてきたぐらいなのだ。

上映中の会話は、映画ファンなら最も嫌うものだろう。それなのに声をかけてきたというのは、大地に気を遣っている証だ。自分が誘った映画を、大地が楽しんでいるかどうか気になってならなかったのだろう。今にして思えば、家族揃って食事云々《うんぬん》というのも言い訳にすぎず、少しでも早くひとりになって映画のことを考えたかったからかもしれない。

「一緒にいても、俺のことを忘れ去るほど安心して映画を観てくれるなら、それはそれでいいんじゃないかって思うよ。そこまで没頭しちゃう自分を理解してくれて、なおかつ許してくれるって信じてるからこそって思えば、嬉しくなるじゃないか」

「俺にはそんな風に思えない」

「まあ、俺の場合ってこと。人それぞれだし……。でも、なんか……俺と映画を観てても、梅本さんはそんな風にならないような気がするけど。梅本さん、これまでに、そんなことあった?」

「そんなことって?」

「一緒に来た相手を忘れちゃうとか……」

「そんなこと、しょっちゅうやってたら私、友だちなくしてます!」

「だよね。つまり、この幼なじみ君だけだってことだ」

「マジ⁉」

辰也は信じられない、といわんばかりの目で夢菜を見た。

「当たり前でしょ。あんたとあたしなんてちびのころからずっとそんなだったのよ。一緒に遊んでるときも、いないなーと思ったら家に帰ってたよね。で、ふーん……まあいいか、ってひとりで遊んでたら何食わぬ顔で戻ってきたり……。並んでテレビを観てたって、気に入らない展開になったらさっさと違うこと始めたでしょ? そんなあんたに、映画館だからって気を遣わなきゃならない理由なんてないじゃん！」

それはちょっと暴論なんじゃ……とさすがに辰也が気の毒になってしまった。

だがその一方で、夢菜の彼への気の許し方が尋常じゃないこともわかる。俗に『空気みたい』という表現があるが、彼女にとって辰也は『空気』そのものなのだろう。あって当然、なければ致命傷。そして、おそらく辰也にとっての夢菜も同様。そこに幼なじみ、隣同士という条件が加わって、ふたりはお互いの位置づけに困っているに違いない。

――要するに俺は巻き込まれただけ。どうあがいても勝ち目はねえなあ……

以前、颯太が予備校で一緒になった女子を好きになり、告白することもなく諦めたことがあった。颯太は、彼女が彼氏と一緒にいる姿を見て『とうてい入り込めない雰囲気』と語った。そして彼は、自分の出る幕なんてないと、始まったばかりの恋にエンドマークを打ったのだ。

あのとき大地は『とうてい入り込めない雰囲気』ってどんな？　と疑問だった。だが、今ならわかる。今目の前にあるもの――これこそが『とうてい入り込めない雰囲気』そのものだった。

夢菜と辰也は恋人同士じゃない。かつてはそうだったかもしれないが、今は違う。にもかかわらず、このツンデレ大爆発の会話。これでは告白なんてするだけ無駄。これからも一緒に『ケレス』で働くことを考えれば、玉砕前提の告白なんてあり得ない。むしろ、今の辰也の彼女に突撃したほうが、勝算がある。近い将来、振られるに違いないし、失意の女の子を慰めているうちに恋仲になるというのはよくある話だ。

——とはいっても、さすがにそれは馬鹿すぎる。彼女ができるならどんな子でもいいってわけじゃないし……

相変わらず、目の前のふたりはああでもないこうでもないと言い合っている。今や夢菜は、幼稚園から小学校、中学、高校まで、ありとあらゆる『辰也の悪行』を並べ立てている。辰也は辰也で、そのひとつひとつに律儀に反論するものだから、舌戦はちっとも終わらない。

さすがに自分の立ち位置が間抜けすぎると気付き、大地はそっと立ち上がった。

「えーっと……俺、先に帰るよ」

「え……あ、すみません、勝山さん‼」

声をかけられてやっと大地の存在を思い出したのか、夢菜も慌てて立ち上がった。

「私も帰ります！」

——俺には『私』で、彼には『あたし』か……

一人称の区別にまでだめ押しされ、大地は隣に置いていた鞄を持ち上げる。

「もうさ、この際、お互いに言いたいこと全部言い合って、すっきりしたほうがいいよ」

「でも私、こいつには言いたいことは言ってますよ？」

「うーん……でも俺には、一番言いたいことだけは言えてないように思える。君らの問題はそこにあるんじゃないかな……」

その言葉を最後に、大地は店を出た。

颯太に引き続き、告白なき失恋となったことを嘆く一方で、今の台詞はちょっと恰好良かったかな……なんて自惚れる。そして大地は、窓際に座る夢菜と辰也の姿をもう一度振り返り、小さなため息とともに駅に向かった。

翌日、大地は昨日の顛末を翔平と颯太に話した。慰めてほしいという気持ちからではなく、話さざるを得ない状況、つまり正面切って訊かれてしまったからだ。どうやら、夢菜とコーヒーショップにいたところを颯太に見られたらしい。大地と夢菜よりも一時間早く仕事を終えていたから、とっくに帰ったと思っていたが、駅前の書店にでも居たのだろう。

ちなみに三人がいるのは厨房、平日の午後八時過ぎという比較的暇な時刻だった。大地は仕事を終えて、颯太とともに、勤務時間が終わっているにもかかわらず、残った食器を片付けている翔平を待っているところだった。

「昨日、夢ちゃんと一緒にいるの見たぞ。めでたいめでたい。着々と進行中だな」

颯太はそんな風に声をかけてきた。聞きつけた翔平も、振り返ってにやりと笑う。

これでは、事の次第を告げないわけにいかない。ふたりが大地を心配してくれているのはわかっているが、夢菜の気持ちが自分にはないと知った今、この件でいじられるのはさすがに辛かった。

「そうか……」

告白以前の問題でした、と肩を落とした大地に、翔平はその一言だけを返した。

「ま、次があるさ」

颯太はそう言って、大地の肩を両手でぱんと叩いた。

御為《おため》ごかしに慰めを言わないところが、このふたりの優しさだった。

「じゃあ、とりあえず飯でも食いに行くか」

「では傷心の大地君、心優しき颯太先輩が奢ってあげよう」

「いや、それまずいですって！」

「だな。なんのためのバイトだって話だ。大地の分は俺が出す」

「そんなわけにいかないよ。俺だって……」

せめて割り勘、と颯太は主張するが、大地も翔平も是としない。翔平は自分が奢るというが、それはそれで颯太のプライドを傷つけるだろう。かといって、自分で払うと言ったところで聞き入れてもらえそうにない雰囲気だった。

大地が困ったな……と思っていると、厨房に星野が入ってきた。しかも、ひどく慌てている。

「どうしたんですか？」

濡れた手を拭きつつ翔平が訊ねると、星野は両手をパチンと鳴らして合掌した。

「すまない日向君、頼みがある！」

「なんですか?」

「荒川君がちょっとした騒ぎに巻き込まれたらしい」

「は?」

そこで三人は、コンビニに行くと出て行った荒川が戻ってきていないことに気付いた。買い物なら俺が行きます、と翔平が言ったのだが、荒川の目的はATM。大事な送金を忘れていたとのことだった。店は空《す》いているし、受けたオーダーはすべて出し終わっている。コンビニは目と鼻の先だから、ということで、星野の許可を得て出かけて行ったのが十分ほど前のことである。

「騒ぎって……まさかコンビニ強盗でも?」

そうは言ってみたものの、大地自身、コンビニ強盗なんてそう簡単に起こるものじゃないと思っていた。ところが、受け狙いの台詞に星野は真顔で答えた。

「その『まさか』なんだ」

コンビニ強盗は、店員がひとりしかいない深夜というのが常道だろう。『ケレス』とは違い、コンビニでは午後八時なら、店内には複数の客がいたはずだ。にもかかわらずコンビニ強盗を企むなんて、考えなしにもほどがある。案の定、犯人はあっという間に取り押さえられ、警察に引き渡されることになったそうだ。

「なんだ……じゃあ問題ないじゃないですか」

「……ってわけにもいかないんだ。実は犯人を取り押さえたのが荒川君だったんだ」

「ぶ、武勇伝?」

でんでんでん……と、颯太が踊り出しそうになった。

あまりにも懐かしいギャグに大地が呆れる一方で、翔平はひどく難しい顔になる。

「事情聴取とかあるんでしょ? それじゃあ、しばらく戻ってこられないじゃないですか」

「そうなんだよ! 電話ではなるべく早く戻るとは言ってたけど、今すぐってわけにもいかない」

「どうするんですか、ここ?」

平日ということもあって、厨房に入っているのは荒川と翔平だけだった。翔平と入れ替わりに神谷《かみや》というバイトが入る予定になっていたが、今のところ彼も姿を見せていない。

「そういえば神谷君も来てないな……」

「神谷君も絶賛巻き込まれナウ。コンビニで雑誌を買ってから来ようとしてたらしい」

星野が慌てるのも無理はない。

コックも皿洗いも不在の厨房。客はまばらで、今のところ料理を出し終えているとはいえ、荒川が戻るまで新規客がひとりも入ってこないとは限らない。それどころか、騒ぎを聞きつけて集まった野次馬たちが、『ケレス』に立ち寄る可能性が高かった。

『ケレス』にしてみれば売上げが増えてありがたいが、料理が出せないのでは話にならない。

これは困った……となったところで、大地はふと気がついた。

「え、でも、マスターが厨房に入ればいいだけじゃないですか？」

緊急事態だし、今日だけのことならば、星野が料理をすればいい。現に、荒川が休みのときはそうしているのだ。そこまで慌てる理由がわからなかった。

「いや、それはそうだし、いつもならそうする。でも……」

「まだなんかあるんですか？」

思わず不機嫌そうな声が出てしまった。

コンビニ強盗は事件に違いないが、無事終息した。正直、自分たちの勤務は終わっているのだから、さっさと飯を食いに行きたかった。

ところが、ふと見ると翔平と颯太が難しい顔になっている。どうしたのだろう、と思っていると、颯太が深いため息を漏らした。

「ヤバいな……」

「ああ。マスターが厨房に回るのはいいが、そうなるとドリンクを作れる奴がいない」

「そうなんだ！」

荒川が休むときは、必ず星野の代わりにカウンターに入れる従業員が出勤している。ドリンクとデザートだけなら大丈夫という従業員が複数いて、そのようにシフトを組んでいるのだ。ところが、今の時間帯に限ってカウンター要員がひとりもいない。料理を取るか、ドリンクを取るかというかなり厳しい状況だった。

「そこで相談なんだけど……」

星野は再び両手を合わせ、翔平に向かって頭を下げた。

「荒川君が戻るまで、厨房をお願い！」

「いやそれは……」

翔平はとんでもないといわんばかり。だが、星野は食い下がった。

「残業代ならはずむよ！」

「そういうことじゃなくて、荒川さんにぶっ飛ばされます」

「それは大丈夫。日向君に頼んでくれって言ったのは荒川君だもん」

「マジっすか……」

犯人が連行され、事情聴取に時間が取られるとわかったとたん、荒川は星野に連絡を入れてきた。状況を説明したあと、彼は言ったそうだ。

「今ならまだ日向が厨房にいる。あいつを引き留めて代わりを頼んでくれ、ってさ。俺が、大丈夫なのか？　って訊いたら、問題ないって断言してたよ」

『ケレス』主任コックのお墨付きだよ、と星野はなぜかとても嬉しそうに言った。颯太も大興奮で身を乗り出す。

「やったな翔平！　とうとう客に出す料理を作らせてもらえるんだ！」

「でも俺、まだぜんぜん……」

このところ、荒川が料理をする様子を必死で見ては、家に帰って練習している。だが、所詮練習は練習。自分ひとりで厨房を引き受けるなんて無理だ、と翔平は及び腰になる。

だが、大地はそんな心配はいらないと思った。

「大丈夫ですよ。翔平先輩は『ケレス』でもう一年以上働いてるんです。どの料理も何度も食べてるじゃないですか。味は覚えてるだろうし、再現できないわけがありません」

「そうそう。それに、うちの料理なんて大して難しいもんじゃないよ。誰にでもできる」

「月島君、それはさすがに失礼だよ……」

星野が情けなさそうに言った。確かに『誰にでもできる』なんて、料理人への侮辱である。いくら翔平をその気にさせるつもりだったとしても、やはり言いすぎだった。

「あ、ごめんなさい」

慌てて謝った颯太に、翔平は苦笑いだった。

「簡単そうに見えても『ケレス』の料理にはそれなりのこだわりがある。荒川さんと同じようには……」

「でも、荒川さんはそれも承知で翔平先輩に、って言ったんでしょ？　大丈夫ですよ、多少『ケレス』の味と違ったって、翔平先輩の料理はオリジナルでもすごく旨いんですから！」

「あ、それは賛成。お客さんだって、ちょっと味が違うなーと思うぐらいでしょ」

「そうかな……」

「マスター！　カフェオレとエスプレッソ入りました！」

カウンターと厨房を隔てる窓から注文が飛んできた。厨房でああだこうだやっているうちに、新規の客が入ってきたらしい。続けて料理の注文も来る。

「ツナとチーズのホットサンド、チキンライスふたつお願いしまーす！」

コックが不在だなんて思ってもいないのだろう。声の主は、元気いっぱいにオーダーを伝えてくる。注文は既に入ってしまった。もう作るしかなかった。

「翔平、頑張れ！　俺も手伝う。チーズのフィルムぐらいはがせるし、ツナ缶だって開けられる」

「俺、洗い物やります！」

「三人ともありがとう！　とにかく頼んだからね！」

そう言うと、星野は大急ぎでカウンターに戻っていった。

「しゃあねえ、やるか！」

念入りに手を洗い、翔平は調理台の前に立つ。

颯太が開けたツナ缶にマヨネーズと塩、胡椒で味をつけ、サンドイッチ用のパンに挟む。チーズと一緒にホットサンドメーカーに突っ込んでおいて、チキンライス用の玉葱を刻み始める。

レストランなどでは炊飯器で炊き込むのかもしれないが、『ケレス』の場合、そこまでたくさんの注文はない。従ってチキンライスの注文が入ったときは、フライパンで炒めて作っていた。

小さく切った鶏肉と玉葱を手際よく炒め、温めたご飯を投入。肩の筋肉に物を言わせ、ぐいぐいフライパンを振り回し、瞬く間にチキンライスが完成した。

とはいっても、量の加減に失敗したのか、出来上がったのは注文のふたり分より遥かに多い量だった。

「珍しいな……量を間違えるなんて」

颯太は心配そうに言ったが、それ以降、翔平が料理の量を間違うことはなかった。最初の失敗は、おそらく緊張のせいだったのだろう。

ホットサンドとチキンライスのあと、ミックスサンド、ホットドッグ、焼き肉ピラフなどの注文が続いた。コンビニ強盗の顚末を見届けた野次馬が次々に入店してきたせいだ。

もうしばらくしたら荒川さんが戻ってくる。あとちょっとの辛抱だ——

お互いにそう言い聞かせ合い、三人は主任コック不在の厨房を守り続けた。


荒川が戻ったのは、時計の針が十時を指す直前だった。

厨房に駆け込んできた荒川は、翔平に向かって深々と頭を下げる。

「遅くなってすまなかった！」

「よかった〜。もう俺、どうしようかと……」

「って言うわりには、きれいなものだな」

厨房の様子は荒川がいるときと大差なかった。こぼした調味料や食材が散ってもおらず、使い終わった調理器具が放置されていることもない。整然とした、いつもの『ケレス』の厨房である。料理を作ったことよりも、厨房が荒れていないことを感心されるなんて、大地はちょっと意外だった。

「厨房をきれいに保てるのはプロの大事な条件だ。少なくとも俺はそう思ってる」

作りながら片付ける。それは料理人にとって必要不可欠なノウハウなのだ、と彼は言う。大きな料理屋ならば見習いにでも任せればいいが、『ケレス』のような喫茶店の場合、見習いなんていない。洗い物係はいるにしても、それは客が使った食器専門で、調理器具まで手が回らない。しかも彼らが洗ってくれるまで置いておけるほど、厨房も調理台も広くないのだ。

「日向はそれがちゃんとできてる。俺が見込んだだけのことはある」

「え、俺、見込まれてたんですか？」

翔平は啞然としている。その反応に、大地と颯太は逆にびっくりである。

「見込まれてるに決まってるよ。そうじゃなきゃ、わざわざ味付けを教えたりしないでしょ」

以前翔平は皿洗い専門で、料理はまかない飯しか作らせてもらっていなかった。だが、この二週間ほどは、荒川が料理を作っている自分の横に翔平を呼んで、調味料の加減などを教えることが増えていた。

『ケレス』には荒川の他にコックはいないため、彼が休みの時は星野がコックに復帰、他の従業員がカウンターに入りドリンクやデザートを担当する。だが、星野は料理をするよりもコーヒーを淹れたり、デザートを作ったりするほうが好きなようだし、マスターが厨房にこもりきりというのはいささか支障がある。翔平が料理を作るようになれば、一時的とはいえ状況が改善される。

少なくとも大地は、荒川はそれを狙って翔平を仕込み始めているのだと思っていたし、今の発言を聞く限り、颯太も同様だろう。

「荒川さんは、翔平先輩は『ケレス』の味を覚えてるし、ちゃんと作れると思ったから指名したんじゃないですか?」

「勝山の言うとおり。日向ならと思ったから頼んだ。客からも文句は出なかったみたいだし、今後は少しずつ手伝ってもらいたいと思ってる」

そう言うと、荒川はものすごく嬉しそうに笑った。

「いや、正直、マスターに任せるのはちょっと不安だったんだ。もともとあの人がやってたことなんだけど、なんかあの人、いろいろ雑でなあ……。包丁も今ひとつ大事にしないし」

「そういえば……」

「その点、おまえは道具も大事にする。確か、包丁も研げるんだったよな?」

「ええまあ……でも俺、『ケレス』の味をちゃんと作れてたとは……」

「少しずつ覚えてくれればいい。それに、コックが代われば多少味が変わるのは当然。それが旨ければ問題ない。ってことで、よろしくな！」

そう言うと、荒川は右手を差し出した。しばらく見つめていたあと、翔平はおずおずと彼の手を握った。『ケレス』のセカンドコック見習いの誕生だった。

「ということで、ご苦労さん」

本来、洗い場を担当する予定だった神谷は、今、家に電話して事情を説明しているらしい。電話が終わり次第来るから、もう大丈夫だ、とのことだった。

帰っていいぞ、と言われたものの、大地はすぐに動けなかった。

なんせ昼ご飯を食べたのはランチタイムが終わった二時過ぎ、今はもう十時だ。疲れもさることながら、ずっと厨房にいていい匂いばかり嗅がされ続けた腹の虫が、悲鳴を上げていた。

「どうした、勝山？」

「腹が減って動けません……」

ぶほっ、と荒川が吹き出した。

「そりゃそうだな。よし、じゃあ……」

そう言いかけたとたん、星野の声がした。

「シーフードドリアふたつとナポリタン、大急ぎ！」

ああそれ俺にも……と言いたかった。特にそのふたつが好きなわけではないが、今は食べられれば何でもいいという感じだった。

「悪い！」

「いえ、いいんです。客優先で」

「日向、適当に作って食ってってくれ。材料は好きに使っていいぞ」

普段ならまかない飯にこんな台詞は来ない。だが、今日は特例中の特例。あるものなら何でも使ってくれ、と荒川は太っ腹な発言をする。早速颯太が食いついた。

「ラッキー、翔平、なに作ってくれるの？」

「ここまで腹が減ってるとパンとか麺じゃ追いつかないだろう。焼きめしでもいいが、たまにはオムライスってのはどうだ？」

翔平の焼きめしはプロの荒川ですら食べたがるような逸品だ。その上に焼き肉でものった日には、考えただけでも涎《よだれ》が止まらなくなる。いつもなら他を寄せ付けない選択肢であるが、今日に限って大地はオムライスに心惹《ひ》かれた。

野菜も肉もたっぷり入ったケチャップライスとふわふわ玉子。両方を一度に口に入れれば、ブロークンハートの痛みも少しは癒やされそうだった。

「……翔平先輩の焼きめし、極上なんですけど……俺も今日はオムライスもいいかも……」

「と、言うと思って、こちらをご用意しましたーってことか」

颯太が参ったといわんばかりの顔になった。彼の目の先にはチキンライスが入ったボウルがある。てっきり、緊張のあまり量を間違えたとばかり思っていたが、どうやら元々オムライスを作るつもりだったらしい。言われてみれば、二人前しか注文されていないのに、出来上がった量はあまりにも多かった。いくら緊張していたとはいえ、翔平がこんな間違いをするはずがなかった。

「ま、そんな感じだな。あの時点で腹は減り切ってたし、荒川さんが戻ったら食わせてもらおうと思って。作りすぎちゃいました〜とかなんとか泣きついてさ。で、晴れて食ってよし、しかも何でも使っていい、って許可が出たから玉子でくるんじまおうって作戦」

そう言ったあと、翔平はドリアの器をオーブンに突っ込もうとしている荒川にひょいと頭を下げた。荒川は苦笑いしながら答える。

「意外に策士だな。まあいい、さっさと作ってやれ。さっきから勝山の腹の虫がうるさい」

「げ、聞こえてましたか……」

恥じ入る大地に、荒川の苦笑いが大爆笑に変わった。

「ってことで、大地、オムライスでいいな?」

「もちろんです!!」

翔平は大地の答えを聞くなり、チキンライスが入ったボウルを電子レンジに入れる。普段使っているステンレスのボウルではなく、耐熱ガラス製のボウルに入れてあったのは、あとで温めることを考えたからだろう。颯太が感嘆の声を上げた。

「用意周到、やるなあ翔平」

「よし、ここからはスピード勝負だ！」

翔平は一番小さなフライパンを火にかけ、温まるのを待つ間に卵をほぐす。かんかんかん……という菜箸がボウルに当たる音が気持ちいい。黄身と白身がきれいに混ざり合ったのを確かめバターを投入、半分ほど溶けたところで卵をフライパンに流し込んだ。オムライスの玉子は時間との戦いだ。おそらく大地や颯太がやったら、わーだのきゃーだのが連発されたに違いない。だが翔平は終始無言。玉子が半熟になったのを見極めると、すかさず温まったチキンライスをのせた。

程なくきれいな木の葉形が皿に移された。翔平が作ったのは、今流行の半熟オムレツをチキンライスの上で割るものではなく、いわゆる正統派、包み込むタイプのオムライスだった。

「ほいよ。先に食っていいぞ」

そのとき、翔平が大地に渡そうとしたオムライスの皿に、横から手が伸びた。

「颯太先輩！　勘弁してください！」

「おまえのもすぐに作ってやるから横取りするな」

「違うって。翔平、忘れ物だよ。オムライスにはこれがなくちゃ！」

そう言うなり、彼は奪い取ったオムライスの上にケチャップを絞り始める。しかもその形ときたら……

「はーい、でっきあがりー！」

「颯太〜……」

「あははっ！　こいつは最高だ‼」

翔平は絶句し、チラ見した荒川は大喜び。なぜなら、颯太がレモン色の玉子の上に描いたのは、巨大なハートだったからだ。

「傷心の大地にでっかいハートのプレゼント！　俺たちの愛情がたっぷりこもってる。さあどうだ！」

「今の俺がゲットできるのは、せいぜいケチャップのハート止まりってことですか……」

がっくりと首《こうべ》を垂れた大地に、颯太が言う。

「まあそう言うな。これでおまえもめでたく俺たちの仲間入りだ。ようこそ玉砕同盟へ」

颯太は両手を広げ、歓迎の意を表明する。翔平が直ちに文句をつけた。

「なんだよ、玉砕同盟って。俺は玉砕なんてしてないぞ！」

「ああ、ごめん。『告白未満同盟』だった」

「『告白未満同盟』……」

大地はその言葉を繰り返した。

確かに、三人とも告白はしていない。

颯太は予備校で出会った女子高生に彼氏がいると判明、大地も夢菜が幼なじみに心を寄せていることを悟ってしまった。この状況で告白なんて、死者に鞭打《むちう》つようなものだと諦めた。

大地は夢菜を好きになったと思っていたし、その気持ちは嘘じゃなかった。けれど、どこまで真剣に考えていたか、と問われると疑問だ。夢菜は『ケレス』に入ったときからそばにいて、ずっと大地を助けてくれた。顔もかわいいし、性格もいい。せっかく大学生になったのだから、彼女のひとりもほしい。ただそれだけのことだったのかもしれない。

大地が、夢菜が本当に好きなのはあの幼なじみだと気付けたのは、冷静にふたりを観察できたからこそだ。もしも大地がもっと真剣だったら、動転し、目の前が真っ暗になったに違いない。

確かに翔平も今は、告白なんてもっての外だと思っているだろう。だがその理由は、自分とは根本的に異なる。相手に彼氏がいるとかいないとかではなく、彼自身の問題なのだ。

ミコちゃん先生への想いを自覚した今、彼はプロの料理人になることで、恩師かつ自分より十歳近く年上で経験を積んだ女性に相応しい存在になろうと考えている。翔平が『告白未満同盟』を抜ける日が来るとしたら、それは彼がアルバイトではなく本職の料理人となってから、ミコちゃん先生に『もう一人前だな』の一言をもらってからのことだろう。

好きになったのだから、と即座に告白するのは、潔いことかもしれない。けれど大地の目には、想いを大事に育て、相手に相応しい人間になろうと努力する翔平の姿は、とてもかっこよく見える。時をかけ、できる限りの努力を重ねた上での告白は、たとえ受け入れられなかったとしても、翔平にとって満足がいくものとなるだろう。

――翔平先輩、俺も先輩みたいに、この人のためなら何年でも本気で頑張れるって思えるような人に会いたい。俺はまだ、将来の目標すら決めかねてるけど、必ず見つけます。そうやって頑張ってれば、ケチャップじゃなくて、本物のでっかいハートをゲットできる日が来ますよね！

黄金色のオムライスを目の前に、大地はひとり決意を固める。その横では颯太が、『萌えきゅん、萌えきゅん』と謎の歌を歌いながら、自分のオムライスに巨大な赤いハートを描いていた。

本書は書き下ろしです。原稿枚数432枚（400字詰め）。

ブックデザイン　赤治絵里（幻冬舎デザイン室）
イラスト　あめのん

〈著者紹介〉
秋川滝美　2012年4月よりオンラインにて作品公開開始。同年10月、『いい加減な夜食』（アルファポリス）にて出版デビュー。著書に「居酒屋ぼったくり」シリーズ（アルファポリス）、「幸腹な百貨店」シリーズ（講談社）などがある。

GENTOSHA

放課後の厨房《チユーボー》男子　まかない飯篇
2017年9月20日　第1刷発行

著　者　秋川滝美
発行者　見城 徹

発行所　株式会社 幻冬舎
〒151-0051 東京都渋谷区千駄ヶ谷4-9-7

電話：03(5411)6211(編集)
03(5411)6222(営業)
振替：00120-8-767643
印刷・製本所：図書印刷株式会社

検印廃止

Printed in Japan
ISBN978-4-344-03178-4 C0093
幻冬舎ホームページアドレス　http://www.gentosha.co.jp/

この本に関するご意見・ご感想をメールでお寄せいただく場合は、
comment@gentosha.co.jpまで。